徐霞客古道历代景观诗文选

应可军 编

序言

  400年前,明代地理学家、旅行家和文学家徐霞客在宁海挥笔写下"癸丑之三月晦,自宁海出西门。云散日朗,人意山光,俱有喜态"作为其千古奇书《徐霞客游记》的开篇语。在徐霞客开游400周年这样一个特殊的年份,应可军先生选编的《徐霞客古道历代景观诗文选》正式付梓,便有了特殊的意义。可喜可贺!

  宁海自西晋太康元年(280)建县至今,已经有1700多年历史。这颗东海之滨的明珠,文化底蕴深厚,山海风光迷人,历代名家辈出,人文荟萃,曾涌现出胡三省、方孝孺等大儒,积淀了丰富的文化遗产。我县乡村数量繁多的以撰写"八景"为主要形式的诗词赋文,便是这些文化遗产的重要组成部分。这类写景诗,多由乡村出面,延请名人,将周边的大至名山胜地,小至庵院岩石,绘成八景,题诗作咏,以壮本地风光,从一个侧面总结家乡的亮点,激起人们对家乡的热爱。这些诗作题材真实,篇幅短小,语言优美,韵律和谐,不仅可以启发开发景点的灵感,而且还可以提高景区的文化内涵,具有积极的意义,是"含金量"极高的家乡品牌,是凝聚了建村历史、人文政治、诗词文化、旅游人居等诸种元素的文化结晶。沿着徐霞客走过的古道，同样有这样一些诗文，散落于各种志乘谱牒之中。宁海县徐霞客研究会理事应可军先生经多年之功，对这些诗文进行搜集、整理，编辑了这本《徐霞客古道历代景观诗文选》，对挖掘和保存地域文化，丰富宁海旅游资源的文化内涵，必将产生深远影响。

应可军先生不仅是宁海县徐霞客研究会的理事，而且是中国民间文艺家协会会员，中华诗词学会、中国楹联学会会员，中国近代史史料学会会员，浙江省、宁波市民间文艺家协会、诗词楹联学会会员，宁海县诗词楹联协会常务副会长、地名协会副秘书长，还是首批"浙江省民间文艺优秀人才"。他酷爱收藏宁海地方文献，曾入选首批"宁波市十佳藏书家庭"；他走遍全县村落，考察风土人情，庋藏大量原始材料，因此获"浙江省非物质文化普查先进个人"荣誉称号。他曾在《宁波日报》《宁波晚报》《宁海报》等刊物上发表过不少史论作品，也曾参与策划各种文化活动，编著多种有关宁海的综合文献等。著有《宁海历史上今天》《宁海姓氏溯源》《宁海之最》《宁海古戏台》《宁海民政志》等著作二十余种。

《徐霞客古道历代景观诗文选》一书，收录了我县徐霞客古道上自唐代至民国与山水风情相关的上千首诗词及数十篇赋文。这些诗词赋文，既展示了宁海丰富的旅游资源和深厚的文化底蕴，又可以让读者从中寻找到徐霞客从宁海开游，并盛赞宁海"人意山光，俱有喜态"之缘由。

相信大家一定会喜爱这本书！

2014年1月

目录

001　序言

〇〇一　宁海

002　初至宁海　　黄溍
003　宁海县　　刘廷玑
003　宁海县歌　　佚名
004　宁海道中即事　　许赞
005　宁海即事　　杨守陈
007　宁海县赋（有序）　　储国秀
013　徐霞客游记·游天台山日记（一）　　徐霞客
017　徐霞客游记·游天台山日记（二）　　徐霞客

〇〇二　西门

024　西山夕照　　马世科
024　过城西它山庙　　沈世襄
025　宁海竹枝词　　王梦赉
027　新城碑记　　秦鸣夏
029　蒙庵记　　于有成
031　集良亭文　　王文卿

〇〇三　田将军墓

034　题田将军墓　　王道模
034　题田将军墓　　陈阶

035	题田将军墓	张允斌
035	题田将军墓	叶桐封
037	梁靖边侯什将军传	华祝

○○四　正学祠

043	题方正学先生祠堂	叶向高
043	吊方正学祠址	曹学程
044	拜方正学先生祠堂	顾起元
045	正学先生祠	邬良佐
047	谒正学先生祠	吕纯如
047	谒正学先生祠	谢三秀
048	过宁海不及拜希古先生祠	张廷登
048	谒正学方先生祠	宋奎光
049	谒方先生祠	徐胤翊
049	谒方正学祠	徐镛
050	谒方正学先生祠	黄映庚
050	谒正学祠	叶桐封
051	谒方正学祠	陈大锡
052	谒方正学先生祠	赵恪
054	方孝孺传	张廷玉

○○五　陈长官祠

060	拜陈长官墓	陈懋祥
060	拜陈长官墓	元琇
061	陈长官祠	谢铎
061	谒陈长官祠	释受昌
062	谒陈长官祠	石简
062	陈长官祠	徐胤翊
063	谒陈公祠	叶桐封
063	长官祠	施天寿
063	清泉题陈长官墓	叶桐封
064	续修陈长官祠碑记	毛驭

〇〇六　连理乡·清泉山

068	崇教寺筼轩	罗适
069	题崇教寺筼轩	张景修
069	游崇教寺	左纬
070	崇教寺寓居	洪拟
070	崇教寺老衲话旧	徐胤翊
071	清泉山崇教寺偶憩	宋奎光
071	清泉亭	王士弘
072	题崇教禅楼	石文睿
072	题清泉山舍壁	钱运笏
073	清泉山题明孝烈女石三妹墓	叶桐封
073	石烈女	陈宜遂
074	独游崇寺山桃林	潘天寿
077	游清泉山记	方孝孺
078	重修清泉山崇教寺碑记	王璞

〇〇七　双水

082	暗岩茶堂碑记	佚名
083	西竹庵碑	徐颖诩
084	两水拱八景	陈良顺
088	两水拱八景	陈子美
091	枧川八景	叶作新

〇〇八　莘岭

096	斑头岩	王子元
096	罗冠积翠	王维堂
097	陈监吊古	严春华
097	莘村七景	王荃
100	莘山七景	王绅
103	莘山十景	王步曾
106	莘山十二景	夏寅
111	塘尾巴六景	方折圭

114　　云台山记　　华骥

○○九　松坛

118　　慈云院　　罗适
118　　晚入慈云寺　　叶天机
119　　面溪楼　　严纶
119　　松溪古枫　　严绍堂
120　　题东山书堂　　朱锦章
120　　西山即景　　齐召南
121　　至张家山俚言一律　　徐对月
121　　经族叔故居　　杨熙
122　　里塘竹枝词　　王子涵
123　　平岩　　邬元会
123　　平岩　　徐廷煌
124　　平岩　　徐之富
124　　平岩　　徐廷焕
125　　平岩偶咏　　杨宝辉
125　　松坛八景　　严原煜
129　　松坛八景　　方珪
133　　斑竹园八景　　胡遵修

○一○　岭南

138　　岵岫晚霞　　侯臣
138　　岵岫晚霞　　周士廉
139　　登待月楼怀古　　康一莲
139　　待月楼怀古　　丹陵氏
141　　爱日楼　　丹陵氏
141　　宜乐堂　　丹陵氏
142　　迎阳楼　　丹陵氏
143　　岭南八景　　陈成环
147　　岭南八景　　陈成珍

○一一　梁皇

152	过远桥	罗适
152	梁山鹤唳	陈珹
153	梁山鹤唳	胡宗圣
153	梁山鹤唳	周士廉
153	拜经台	童授钥
154	侣云庵	童授钥
154	宁海竹枝词	王梦赉
156	次韵胡少瀹题梁王山蟠松诗	刘俊
157	梁王山	庄大成
157	题梁皇寺清辩大师房	吴说
159	梁源蟠松亭记	王澡
161	后梁宣帝祠碑	王艺

○一二　前童

166	题塔山八景寿童处士	方孝孺
167	塔山八景	徐国祯
169	塔山八景	童嗣翰
169	塔山颂	齐周华
170	塔山晓日	王偡
170	塔山晓日	曹凤翔
171	庙山	叶振声
171	孝女湖	赖世隆
172	孝女湖	宋奎光
172	孝女湖莲	陈处泰
173	孝女湖莲	黄常谟
173	石泄龙吟	佚名
174	学士桥柳	王杲
174	学士桥柳	周士廉
174	学士桥柳	曹凤翔
175	石镜精舍	王模
175	双溪秋月	卢守仁
176	双溪钩月	曹凤翔

176	鹿阜斜晖	齐周华
177	石镜寒泉	何伦
178	鹿阜晚眺兼呈寅斋姻台先生縶政	王显谟
180	塔山八景	齐周潴
182	塔山八景	童炜
186	塔山八景	童培
188	栅下八景	佚名
191	柘溪八景	杨诚园
193	潘家岙八景	褚言福
196	游鹿山记	唐赓
198	石镜精舍记	方孝孺
200	游鹿山记	王显谟
202	游塔山记	王显谟

〇一三　湖头

206	仙溪十景总咏	佚名
206	西阳八景合咏	葛麟书
207	西阳八景	葛昌锡

〇一四　琴塘

212	琴塘八景	宋舒光
215	琴塘八景	柴成林
217	琴塘八景	柴达璋
220	琴塘赋	宋舒光

〇一五　岔路口

224	竹轩	葛敏修
224	园趣	葛顺宰
225	摘葡萄	葛鸣文
225	夜游	陈世榜
226	山楼雪案	陈世榜
226	山楼雪案	娄原鹤

227　　山楼雪案　　娄敬
227　　游桐州　　娄崛夷
228　　西阳八景　　郑好义
230　　西阳八景　　葛日蕃
233　　仙溪十景　　葛子煃
236　　仙溪十景　　宋舒光
239　　仙溪杂咏　　葛梦采
241　　仙溪杂咏　　葛春溶
244　　仙溪十景　　童佐治
248　　新建仙溪桃源书院记　　葛士林
249　　横槎潭赋（并序）　　章士璜
253　　永昌桥碑记　　杨秉鉴

〇一六　干坑

256　　九顷莲花　　娄家雍
256　　荷池濯砚　　娄灵川
257　　九顷塘　　童丙照
257　　探菱堤　　葛肇志
259　　九顷观荷　　葛春溶
260　　《嘉定赤城志》选录　　陈耆卿
261　　干溪八景　　佚名
263　　干溪八景　　陈日瑞
265　　干溪八景　　童德烜
267　　干溪镇福庵八景　　宋舒光

〇一七　谯国

272　　锦屏山　　童会江
273　　角山夕照　　娄景中
273　　角山夕照　　娄契周
274　　角山夕照　　娄家雍
274　　五日登角山　　葛鸣文
275　　冷湖夜月　　娄天培
275　　冷湖夜月　　娄契周

276	仙岩古洞	娄原庆
277	后山吟	齐先觉
278	学士坪	童丙照
278	黄茅尖	童丙照
279	春日偶与咸勋游凤凰山	童保俊
279	凤凰山	童丙照
281	谯国八景	柴志顺
285	上金八景	童会江
289	后山记	葛炳午
292	后山考	佚名

〇一八 王爱

296	王爱山	徐镛
296	四时田园杂兴	佚名
298	岭头陈八景（选三）	佚名
300	宁海竹枝词	王梦赉
300	松门积雪	胡唯鸣
301	宅井香泉	胡唯鸣
301	桑园晚景	娄士山
302	眠牛望月	陈叔龙
302	池塘跃鲤	陈叔龙
304	永乐院记	罗适

〇一九 桑洲

308	夜度桑洲驿	方孝孺
308	桑洲次韵	史鉴
309	经桑洲岭	胡韶
309	清溪泛舟图	周应显
311	宿桑洲驿	赖世隆
311	桑洲次韵	谢铎
312	桑洲驿书怀	许赞
312	题桑洲岭庵	佚名
313	桑洲道中二首	皇甫涍

314	桑洲岭	戴玖
314	叠石岩	佚名
315	桑洲八景	佚名
317	桑洲八景	佚名
319	桑园八景	佚名
323	上山陈八景	佚名
326	移建桑洲驿碑	王士昌

○二○ 麻山

330	紫云庵八景	叶景珍
332	白云庵八景	佚名
334	白云庵春夏秋冬四景	佚名
335	麻山八景	丁文瑞
337	麻山八景	华祝
341	上叶八景	陈崇文

○二一 白溪

346	白溪观涨	陈受谦
346	白溪观涨	鲍昕
347	白溪观涨	赵惠青
349	白溪八景	佚名
351	里王八景	佚名

○二二 冠峰

356	酒埕岩	王其灏
358	天台山赋	杨芳

360　后记

宁海西店海滨风光

〇〇一 宁海

宁海具有悠久的历史和丰富的人文、自然景观。早在新石器时代就有先民在此生息劳作,西晋太康元年(280)始建宁海县,至今已有1700余年历史。境内山川秀丽,气候温和,旅游资源丰富。县北南溪温泉藏于深山奇幽之处,是全国三大著名温泉之一;雁苍山,气势雄伟,为宁波市新十景之一;县南莲头山冷泉,能疗关节炎等症,自清至今,民间作"仙水"治病,久盛不衰。宁海人杰地灵,名士辈出。古代有因抗旨不遵遭灭十族之灾的方孝孺,率众起义的农民领袖王锡桐;现代有"左联"五烈士之一柔石、国画大师潘天寿、著名画家应野平等。

初至宁海

黄 溍

地至东南尽,城孤邑屡迁。
行山云作路,垒石海为田。
蜃炭村村白,棕林树树圆。
桃源名更美,何处有神仙?

缥缈蛟龙窟,风雷隔杳冥。
人家多面水,岛屿若浮萍。
煮海盐烟黑,淘沙铁气腥。
停骖方问俗,渔唱起前汀。

作者简介:黄溍(1277—1357),字文晋,又字晋卿,婺州义乌人。元代著名史官、文学家、书法家、画家。仁宗延祐年间进士,任台州宁海县丞,累擢侍讲学士知制诰等职。生平好学,博览群书,议论精要,其文布置谨严,援据切洽。在朝中挺然自立,不附于权贵,时人称其清风高节,如冰壶三尺,纤尘不污。

宁海县

刘廷玑

远隔灵江百余里,海滨城郭易邱墟。
章安太守无遗迹,正学先生有故居。
青染层峦经雨后,红翻乌桕惹霜初。
停车细问民生事,半种山田半打渔。

作者简介:刘廷玑(约 1654—?),字玉衡,号在园,先世居河南开封,后迁辽阳。其祖父曾任福建巡抚,父亲曾在河北、安徽任知府等职。廷玑循例入官,曾任内阁中书、浙江括州(今丽水)知府、浙江观察副使。晚年调任河工,参与治理黄河、淮河。自幼酷爱诗文,少负文名。

宁海县歌

佚 名

丹邱白峤古名区,西接天台东尾闾。
一带文明回浦水,千秋灵气出名儒。

宁海道中即事

许 赞

到山疑路阻,倏见有山通。
鸟语浑未识,民风渐不同。
沃田灰海蛤,畦地植山葱。
菽豆宜原坂,鱼盐市野同。
风声结远岭,海尾曳长空。
园苎时重播,蚕丝已数丛。
望京顷极目,忆古益伤衷。
宪节爱谘度,樗材愧有功。

作者简介:许赞(1473—1548),字廷美,号松皋,河南灵宝人。弘治九年(1496)进士。历官大名府推官、御史、编修、临淄知县、浙江佥事。历升光禄寺卿、刑部侍郎。嘉靖八年(1529)进刑部尚书,改户部尚书,嘉靖十五年进吏部尚书。后加至少傅兼太子太傅。嘉靖二十三年九月入阁,兼文渊阁大学士。后赠少师,谥文简。著有《松皋集》二十六卷。

宁海即事

杨守陈

驱马入山邑,无如道路赊。东瞻沧海日,南望赤城霞。
绝徼通闽越,高岑学泰华。雾崖深隐豹,烟薮淡藏蛇。
沟洫三千顷,闾阎一万家。春原蕃草树,晓市集鱼虾。
学馆书帷静,旗亭酒幔斜。陇云低梵宇,溪月净仙槎。
径蔼淇园竹,林香楚甸花。曙莺啼旷苑,晴雁聚平沙。
樵隐青岩畔,舟横绿水涯。野夫饶黍稻,闺女重桑麻。
靓服讥周士,浓妆笑楚娃。庭垂王吉枣,圃种邵平瓜。
远戍宵无警,通阛昼不哗。太仓先纳税,官署早休衙。
晋俗何须羡,邠风信足夸。从知圣明世,雨露洽幽遐。

作者简介:杨守陈(1425—1489),字维新,号晋庵,明鄞县栎社杨家人。景泰二年(1451)进士,任翰林院庶吉士,授编修,后参与修《大明一统志》。成化初为经筵讲官,后参与修编《英宗实录》。成化八年(1472)迁侍讲学士,参与修校《宋元通鉴纲目》,进少詹事兼侍讲学士。孝宗嗣位,授南京吏部右侍郎,参与修编《宪宗实录》,兼副总裁。卒谥文懿,赠礼部尚书。著有《读易私钞》《三礼私钞》《五经考证》等,后人编成《杨文懿全集》。

温泉映天池

宁海县赋（有序）

储国秀

孙兴公作《天台赋》，信耳闻而任臆度。宁海其东麓也，事或湮没而弗著，独一丹邱存旧名，而临海、天台交有之，莫订其实。予家宁海盖五世。其山川、里社之所隶，人物、土产之所钟，有亲见，非剽闻，有稔知，非臆度也。矧夫皇舆驻钱塘，邑在五百里甸服中，声教浚涤，精彩呈露，月异而岁不同，顾以千百年往事，概得观乎？暇日翻故书，因命子墨赋之。词之浅薄，虽不谐金石声以取誉于时，原古备今，聊以补前赋所未及云。

有客自东都来，问于桃源主人，曰："吾行天下，周览山川。九土之别扬州，台岳未发于神秀；六朝之都建业，宁海罕著于名贤。堪舆暗而勿耀，图牒失而无传。子居是邦，愿闻所以然。"

主人曰："客亦知夫天施地生之有消长，古往今来有更禅者乎？以吴越为蛮索，春秋之所同贬；以台明为环富，词人之深羡。

"唯晋太康，吾邑始显。截回浦而置郡，析章安而为县。初宅白峤，星霜岁远；旋徙海游，规模日浅。今迁治于广度，得形局而恢展，背乌岩之岧峣，腰玉带而回转。桥亭横界乎两街，市门旁达于四面。祠应三台之倾临，井象七星之分建。方祥符之奉帝真，新皇祖之登御殿。藩府之仪式崇，十节之侯谒见。

乃绍兴之定庠,揭四教之堂匾,屏门阃之嚣喧,俨丽泽之渊泓。祝圣则放生池之记复出,励贤则释褐坊之题壮观!祭社有坛,以重先农之祈报;登陆有亭,以隆过客之宾饯。其六乡冠盖之都会,千室弦歌之敷阐。隶方畿之繁邑,非邾小而滕褊。

"其山则东有帽尖、盖苍之绝巘,西有桑洲、桐岩之卓峰,枧城矗立于南鄙,天门昂峙于北封,三十雷当其肘,十六窟蟠其胸。跨古岫而上寮斗,盖梁宣王之旧游幸;逾摘星而入瑞云,又佛县猷之念经从。碪桥之虹,石梁杳通;苍苍葱葱,仙岩之峰;洞天几重,穹穹窿窿。奇龙勃虎,险怪巃嵸;云情雨状,变现淇蒙。康乐思登而尼武,文举愿从而迟踪。

"其海则停纳万流,宗长四渎,控直港于稽鄞,引大洋于温福。出乌崎,通鸭绿,睇日本,睨阳谷。合镇都而为五十二,隶海屿者有三十六。马筋幌漾之乡,汇尾闾而吸长川;黄渡湍激之势,架修梁而接平陆。猴城以北,厥壤既隩,叹埼亭之旧筑;浮门之曲,厥聚唯簇,陈长城之故族。一日再潮,阳往阴复。千艦万艘,东奔西逐。元舆观之而难言,子虚赋之而不足。

"其野则有郊、垌、原、陉、溪、涧、洞、潭,其平如掌兮通适,其峻无涯兮叵探。视涓流而过坂兮,为砩为甽;望超氛而竟野兮,为雾为岚。风挟飓而震远,雨拖浪而荡炎。居氓安之而生聚,神物凭之而隐潜。尔乃培厚而百家集,渊深而万有涵。姜畦富于松坛、黄杜,蔬圃利于后洋、溪南。苔脯擅奇于古洞,茶笋毓瑞于宝岩。峡石蒴奴魁蹲鸱而软滑,栲溪楮友方刬藤之莹纤。九顷莲芡,得水泽之富;三洋椒漆,宜土性之咸。竹蕃于筀、筋、淡、苦,木盛于楮、樟、松、杉。

"其卉则萱、蕉、葵、蒲、艾、蓼、芦、蒹,而洒然秀出者,唯荪珥、兰簪；其果则李、奈、榴、栗、桃、杏、梅、楠，而磊然钉座者，唯香橙、乳柑。其田谷则籼秋总总，而利获于海涂者相倍蓰；其陆种则麻菽穄穄，而岁收于山货者常二三。药物志于筼窗者大半，菊种谱于南塘者相参。厥草芊芊兮，长重脂之秆；厥桑黝黝兮，登五熟之蚕。凿坎则梅坑之沙成铁，熬波则长亭之土成盐。

"以至唯错之珍，所产者多。鲈脆鳖肥，螺珍珧柱，蛎牡虾魁、望潮章巨，蟳含膏而团脐，鲥凝油而塞肚。鲛通黄而粲金相，鳠柔白而悬银缕。新妇臂婉而凝脂，老妪皸长而曳组。旧总谓之鱼鲜，贱不论于分数。若夫涝涨而河豚生，汐退而弹涂聚。蛇沫浮，鲗黑煦，鳌车攒，蚝山竖。修带如箯，斑鹿赪虎。鲢目之比如瞪，鲨脊之铦于锯，鮸梅之软如束，鲊苗之多于黍。鲳枫叶之膘轻，鲤竹夹之癃露，加之鲯、鳗、鲚、鳢之党类，蚌、蛤、蛏、䲠之俦侣。《水经》失于登载，《尔雅》昧于记注。名不周知，品不殚举。于是术逗詹公，巧兼任父，随搜收于缁罾，剩堆贮于鼎俎。又有鲤鲫细鳞，鲇鳅吐哺，蛙蟹产于畴塍，蟮鳖穴于沙渚，溅溅湡湡，洋洋圉圉，虽水族之殊科，亦海物之同与。矿石锢于蛇蟠之邱，石首发于洋山之屿。工师钻坚而窗分，舟人冒险而渔取。磨硌硠砌以供百家常需，胶鳔鳐鲭以通四方贩贾。此虽方物之所宜，抑亦他邦之鲜伍。而况东南正气，界截海邦，霞崛月屿，钟英孕芳，曩以去尺之辽邈，超然避地而退藏。

"至屈氏子庐于湫水之浒，梅长者栖于凤山之岗。曰铁场则有若张少霞之药鼎，曰桐柏则有若葛稚川之丹房。虽启灵而著述，迄铲彩而埋光，伟宋德之当天，同文轨于殊方，崇姬孔而抑聘释，业文策而变工商。越嘉、治、祐、宣之熙洽，联周、王、罗、李之骞翔，赫名第而起晦，劈井社以断荒，迨六飞之度南，广仁泽之延衮。东西王两族之望，左右许一门之秀。疏学殖之根源，兢贤路而辐辏。乡贡之家比比乎连甍，桥门之彦翩翩而接绶。或搴华于童习晚恩，或擢颖于宗英世胄，或文武科之踵升，或内外优之叠奏，或能流光于宦业，匪徒角胜于文闱。而乃白屋公卿，青云步骤，乌台骑省之出入，虎节菟符之先后，重典选于春闱，侈归荣于昼绣，簪笔素以对天光，典枢衡而应台宿，等而上之，来者麇究。更有尚清修而立门户，轻进取而安里廛，泥滓名位，胶漆林泉，写陶篇而杜什，貌岛瘦而郊寒。蒙庵文会襄阳之耆旧，阆风诗侣江西之派源。或辟野堂而讲学，或储墨藏之遗编，或守柴桑之庐而厌仕，或结香山之社而逃禅。信君子之行藏，表乡里而率先。士得师于庠塾，农力穑于桑田，工执艺而精良，商通货而懋迁，举乐道而怀德，知委顺以安天。于是俗化明，表里正，有事生事亡之合乎理，有为妇为母之一于敬，守义者俗昏于崔庐，笃教者媲贤于陶孟。兹阳倡而阴和，犹宫动而商应，蔡贵嫔垂国史之懿范，汪李氏著郡记之贤行。

"厥唯风教所关，菲但室家相庆，亦或厌世昧之甘辛，悟法身之清净，传远祖之衣钵，擅上方之名胜。唯此旧俗，安于遐陬，不从军而走马，不带刀而卖牛，仅守田园之业，以纾衣食之谋。彼钱氏之僭窃，奄全浙而诛求，递逢迎而加赋，若椎肌乎何尤？独陈长官如鲁中牟，历上书而争诋，宁委身于系囚，直挽回其毒手，得轻捐于苗头。迨夫钱俶纳土，而后皇政优游，闵赤子之凋瘵，从宽典而抚优。由是岁月久，雨露周，主意渥，宿瘼瘳。立县渚之镇，以警乡落之狗鼠；设临门之寨，以壮屯卫之貔貅。

宽税敛于经典,弛酤榷于糟邱。免身丁,而生齿有滋蕃之益;行义役,于乡邻无纠决之仇。遂百年之聚族,溥一同而蒙休。又况气数斡于定理,矩矱系于操修。赤城经行之日著,拙斋生徒之云稠,寓黉舍而象绘,备烝尝于春秋,植公道之赤帜,屹砥柱于中流,后生崇之而自励,末俗闻之而不偷。且夫自有邑以来,希见兵革之事。袁晁狂徒,竟歼于十二保桥;吕囊残党,随捕于清泉山寺。二难既消,寸铁不试,晏然娲葛之居民,真若仙佛之乐地。子来几日,谈何容易。"

客再拜曰:"吾侪小人,粗明大义,兹因道听而途说,或恐俗殊而政异,敢将狂夫之言,以发主人之意。海濒斥卤,旱干无备。三日不雨,则龟坼而枯焦;一谷失收,则民憔悴而狼狈。枯富家之储赢,仰客舟之米至。此合推广社仓之成规,以为凶年之久利。万户酒酤,沉湎慌恣,大家造年计以糜谷,细民乏朝炊而求醉。是虽郡国之委输,终亦县家之楬橐。此合稍复发卖之通法,以贮公私之元气,官弱民强,谁实为祟?注邑者悻悻而不问,摄事者苟且而不治,此安得关中司马、洛阳康节之复生,以主乡邦之公议。予亦言外之散人,或干狂谋而出位。"

主人矍然起而谢之曰:"客固咎吾之不言,而未知吾所欲言之意。就历叙于篇中,以备观风者之所采。"

作者简介:储国秀,字材父,人称理所先生,宁海县城水角凌人。宋端平二年(1235)进士,宝祐六年(1258)任东阳县县令,后任江阴知事。他根据宁海的风土人情、物产资源等撰写的《宁海县赋》,洋洋三千言,内容翔实,素有小县志之称。

雁苍山

徐霞客游记·游天台山日记（一）

徐霞客

癸丑（1613）之三月晦　自宁海出西门。云散日朗，人意山光，俱有喜态。三十里，至梁皇山。闻此地於菟（即老虎）夹道，月伤数十人，遂止宿。

四月初一日　早雨。行十五里，路有歧，马首西向台山，天色渐霁。又十里，抵松门岭，山峻路滑，舍骑步行。自奉化来，虽越岭数重，皆循山麓；至此迂回临陟，俱在山脊。而雨后新霁（晴），泉声山色，往复创变，翠丛中山鹃映发，令人攀历忘苦。又十五里，饭于筋竹庵。山顶随处种麦。从筋竹岭南行，则向国清大路。适有国清僧云峰同饭，言此抵石梁，山险路长，行李不便，不若以轻装往，而重担向国清相待。余然（同意）之，令担夫随云峰往国清，余与莲舟上人（上人：对僧人的尊称）就石梁道。行五里，过筋竹岭。岭旁多短松，老干屈曲，根叶苍秀，俱吾闻门盆中物也。又三十余里，抵弥陀庵。上下高岭，深山荒寂。恐藏虎，故草木俱焚去。泉轰风动，路绝旅人。庵在万山坳中，路荒且长，适当其半，可饭可宿。

初二日　饭后，雨始止。遂越潦（积水）攀岭，溪石渐幽。二十里，暮抵天封寺。卧念晨上峰顶，以朗霁为缘，盖连日晚霁，并无晓晴。及五更梦中，闻明星满天，喜不成寐。

初三日　晨起，果日光烨烨，决策向顶。上数里，至华顶庵；又三里，将近顶，为太白堂，俱无可观。闻堂左下有黄经洞，乃从小径。二里，俯见一突石，颇觉秀蔚。至则一发僧结庵于前，恐风自洞来，以石甃塞其门，大为叹惋。复上至太白，循路登绝顶。荒草靡靡，山高风冽，草上结霜高寸许，而四山回映，琪花玉树，玲珑弥望。岭角山花盛开，顶上反不吐色，盖为高寒所勒耳。

仍下华顶庵，过池边小桥，越三岭。溪回山合，木石森丽，一转一奇，殊慊（qiè 满足）所望。二十里，过上方广，至石梁，礼佛昙花亭，不暇细观飞瀑。下至下方广，仰视石梁飞瀑，忽在天际。闻断桥、珠帘尤胜，僧言饭后行犹及往返，遂由仙筏桥向山后。越一岭，沿涧八九里，水瀑从石门泻下，旋转三曲。上层为断桥，两石斜合，水碎迸石间，汇转入潭；中层两石对峙如门，水为门束，势甚怒；下层潭口颇阔，泻处如阈，水从坳中斜下。三级俱高数丈，各极神奇，但循级而下，宛转处为曲所遮，不能一望尽收。又里许，为珠帘水，水倾下处甚平阔，其势散缓，滔滔汩汩。余赤足跳草莽中，揉木缘崖，莲舟不能从。暝色（夜色）四下，始返。停足仙筏桥，观石梁卧虹，飞瀑喷雪，几不欲卧。

初四日 天山一碧如黛。不暇晨餐，即循仙筏上昙花亭，石梁即在亭外。梁阔尺余，长三丈，架两山坳间。两飞瀑从亭左来，至桥乃合流下坠，雷轰河隤（tuí 坠落），百丈不止。余从梁上行，下瞰深潭，毛骨俱悚。梁尽，即为大石所隔，不能达前山，乃还。过昙花，入上方广寺。循寺前溪，复至隔山大石上，坐观石梁。为下寺僧促饭，乃去。饭后，十五里，抵万年寺，登藏经阁。阁两重，有南北经两藏。寺前后多古杉，悉三人围，鹤巢于上，传声嘹呖，亦山中一清响也。是日，余欲向桐柏宫，觅琼台、双阙，路多迷津，遂谋向国清。国清去万年四十里，中过龙王堂。每下一岭，余谓已在平地，及下数重，势犹未止，始悟华顶之高，去天非远！日暮，入国清，与云峰相见，如遇故知，与商探奇次第。云峰言："名胜无如两岩，虽远，可以骑行。先两岩而后步至桃源，抵桐柏，则翠壁、赤城，可一览收矣。"

初五日 有雨色，不顾，取寒、明两岩道，由寺向西门觅骑。骑至，雨亦至。五十里至步头，雨止，骑去。二里，入山，峰萦水映，木秀石奇，意甚乐之。一溪从东阳来，势甚急，大若曹娥。四顾无筏，负奴背而涉。深过于膝，移渡一涧，几一时。三里，至明岩。明岩为寒山、拾得隐身地，两山回曲，《志》所谓八寸关也。入关，则四周峭壁如城。最后，洞深数丈，广容数百人。洞外，左有两岩，皆在半壁；右有石笋突耸，上齐石壁，相去一线，青松紫蕊，蓊苁于上，恰与左岩相对，可称奇绝。出八寸关，复上一岩，亦左向。来时仰望如一隙，及登其上，明敞容数百人。岩中一井，曰仙人井，浅而不可竭。岩外一特石，高数丈，上歧立如两人，僧指为寒山、拾得云。入寺。饭后云阴溃散，新月在天，人在回崖顶上，对之清光溢壁。

初六日 凌晨出寺，六七里至寒岩。石壁直上如劈，仰视空中，洞穴甚多。岩半有一洞，阔八十步，深百余步，平展明朗。循岩右行，从石隘仰登。岩坳有两石对耸，下分上连，为鹊桥，亦可与方广石梁争奇，但少飞瀑直下耳。还饭僧舍，觅筏渡一溪。循溪行山下，一带峭壁巉崖，草木盘垂其上，内多海棠、紫荆，映荫溪色。香风来处，玉兰芳草，处处不绝。已至一山嘴，石壁直竖涧底，涧深流驶，旁无余地。壁上凿孔以行，孔中仅容半趾，逼身而过，神魄为动。自寒岩十五里至步头，从小路向桃源。桃源在护国寺旁,寺已废,土人茫无知者。随云峰莽行曲路中,日已堕,竟无宿处,乃复问至坪头潭。潭去步头仅二十里,今从小路,反迂回三十余里宿。信桃源误人也。

初七日 自坪头潭行曲路中三十余里,渡溪入山。又四五里,山口渐夹,有馆曰桃花坞。循深潭而行,潭水澄碧,飞泉自上来注,为鸣玉涧。涧随山转,人随涧行。两旁山皆石骨,攒(簇拥)峦夹翠,涉目成赏,大抵胜在寒、明两岩间。涧穷路绝,一瀑从山坳泻下,势甚纵横。出饭馆中,循坞(山洼)东南行,越两岭,寻所谓"琼台""双阙",竟无知者。去数里,访知在山顶。与云峰循路攀援,始达其巅。下视峭削环转,一如桃源,而翠壁万丈过之。峰头中断,即为双阙;双阙所夹而环者,即为琼台。台三面绝壁,后转即连双阙。余在对阙,日暮不及复登,然胜已一日尽矣。遂下山,从赤城后还国清,凡三十里。

初八日 离国清,从山后五里登赤城。赤城山顶圆壁特起,望之如城,而石色微赤。岩穴为僧舍凌杂,尽掩天趣。所谓玉京洞、金钱池、洗肠井,俱无甚奇。

作者简介:徐霞客(1586—1641),名弘祖,字振之,号霞客,江苏江阴人。明地理学家、旅行家和文学家。他经30年考察撰成约60万字的《徐霞客游记》。近年视徐霞客为游圣,步徐霞客足迹,游览祖国大好河山已成为中国旅游界的时尚。宁海则是《徐霞客游记》的开篇地。

徐霞客游记·游天台山日记（二）

徐霞客

壬申（1632）三月十四日　自宁海发骑（骑马出发），四十五里，宿岔路口。其东南十五里，为桑洲驿，乃台郡道也；西南十里，松门岭，为入天台道。

十五日　渡水母溪，登松门岭，过玉爱山，共三十里，饭于筋竹岭庵，其地为宁海、天台界。陟山冈三十余里，寂无人烟，昔弥陀庵亦废。下一岭，丛山杳冥中，得村家，瀹（yuè，煮）茗饮石上。又十余里，逾岭而入天封寺。寺在华顶峰下，为天台幽绝处。却骑（下马），同僧无余上华顶寺，宿净因房，月色明莹。其地去顶尚三里，余乘月独上，误登东峰之望海尖，西转，始得路至华顶。归寺已更余矣。

十六日　五鼓，乘月上华顶，观日出。衣履尽湿，还，炙衣寺中。从寺右逾一岭，南下十里，至分水岭。岭西之水出石梁，岭东之水出天封。循溪北转，水石渐幽。又十里，过上方广寺，抵昙花亭，观石梁，奇丽若初识者。

十七日　仍出分水岭，南十里，登察岭。岭甚高，与华顶分南北界。西下至龙王堂，其地为诸道交会处。南十里，至寒风阙。又南下十里，至银地岭，有智者塔，已废。左转得大悲寺，寺旁有石，为智者拜经台。寺僧恒如为炊饭，乃分行囊，从国清下至县；余与仲昭兄以轻装东下高明寺。寺为无量讲师复建，右有幽溪。溪侧诸胜，曰圆通洞、松风阁、灵响岩。

十八日　仲昭坐圆通洞，寺僧导余探石笋之奇。循溪东下，抵螺溪。溯溪北上，两崖峭石夹立，树巅飞瀑纷纷。践石躐流，七里，山回溪坠，已到石笋峰底，仰面峰峦莫辨，以右崖掩之也。从崖侧逾隙而下，反出石笋之上，始见一石矗立涧中，涧水下捣其根，悬而为瀑，亦水石奇胜处也。循溪北转，两崖愈峭，下汇为潭，是为螺蛳潭，上壁立而下渊深。攀崖侧悬藤，踞石遥睇其内。潭上石壁，中劈为四歧，若交衢然。潭水下薄，不能窥其涯涘（水边）。最内两崖之上，一石横嵌，俨若飞梁。梁内飞瀑自上坠潭中，高与石梁等。四旁重崖回映，可望而不可即，非石梁所能齐也。闻其上有"仙人鞋"，在寒风阙之左，可逾岭而至。雨骤，不成行，还憩松风阁。

二十日　抵天台县。

至四月十六日自雁宕返，乃尽天台以西之胜。北七里，至赤城麓，仰视丹霞层亘，浮屠（佛塔）标其巅，兀立于重岚攒翠间。上一里，至中岩，岩中佛庐新整，不复似昔时凋敝。时急于琼台、双阙，不暇再蹑上岩，遂西越一岭，由小路七里，出落马桥。又十五里，西北至瀑布山庄登岭。五里，上桐柏山。越岭而北，得平畴一围，群峰环绕，若另辟一天。桐柏宫正当其中，唯中殿仅存，夷、齐（即伯夷、叔齐）二石像尚在。右室雕琢甚古，唐以前物也。黄冠久无住此者，群农见游客至，俱停耕来讯，遂挟一人为导。西三里，越二小岭，下层崖中，登琼台焉。一峰突瞰重坑，三面俱危崖回绕。崖右之溪，从西北万山中直捣峰下，是为百丈崖。崖根涧水至琼台之足，一泓深碧如黛，是名百丈龙潭。峰前复起一峰，卓立如柱，高与四围之崖等，即琼台也。台后倚百丈崖，前即双阙对峙，层崖外绕，旁绝附丽。登台者从北峰悬坠而下,度坳脊处咫尺,复攀枝仰陟而上,俱在削石流沙间,趾无所着也。从台端再攀历南下,有石突起,窟其中为龛,如琢削而成者,曰仙人座。琼台奇在中悬绝壑,积翠四绕。双阙亦其外绕中对峙之崖,非由洞底再上,不能登也。忆余二十年前,同云峰自桃源来,溯其外涧入,未深穷其窟奥。今始俯瞰于崖端,高深俱无遗胜矣。饭桐柏宫,仍下麓南,从小径渡溪,十里,出天台、关岭之官道。复南入小径,隙行十里,路左一峰,兀立若天柱,问知为青山苴。又溯南来之溪,十里,宿于坪头潭之旅舍。

十七日　由坪头潭西南八里,至江司陈氏。渡溪左行,又八里,南折入山。陟小岭二重,又六里,重溪回合中,忽石岩高峙,其南即寒岩,东即明岩也。令僮先驰炊于明岩寺,余辈遂南向寒岩。路左俱悬崖盘列,中有一洞岈然。洞前石兔蹲伏,口耳俱备。路右即大溪萦绕,中一石突出如擎盖,心颇异之。既入寺,向僧索龙须洞灵芝石,即此也。寒岩在寺后,宏敞有余,玲珑未足。由洞右一穴上,视鹊桥而出。由旧路一里,右入龙须洞。路为莽棘所翳(遮掩),上跻里许,如历九霄。其洞圆耸明豁,洞中斜倚一石,颇似雁宕之石梁,而梁顶有泉中洒,与宝冠之芭蕉洞如出一冶。下山,仍至旧路口,东溯小溪,南转入明岩寺。寺在岩中,石崖四面环之,止东面八寸关通一线。寺后洞窈窕非一,洞右有石笋突起,虽不及灵芝之雄伟,亦具体而微(精细小巧)矣。饭后,由故道骑而驰三十里,返坪头潭。又北二十五里,过大溪,即西从关岭来者,是为三茅。又北五里,越小涧二重,直抵北山下,入护国寺宿焉。

十八日　晨,急诣(赶赴)桃源。桃源在护国东二里,西去桐柏仅八里。昨游桐柏时，留为还登万年之道，故选寒、明。及抵护国，知其西有秀溪，由此入万年，更可收九里坑之胜，于是又特趋桃源。初由涧口入，里许，得金桥潭。由此而上，两山愈束，翠壁穹崖，层叠曲折，一溪介其中。溯之，三折而溪穷，瀑布数丈，由左崖泻溪中。余昔来瀑下，路穷莫可上，仰视穹崖北峙，溪左右双鬟诸峰，娟娟攒立，岚翠交流，几不能去。今忽从右崖丛莽中，寻得石径层叠，遂不及呼仲昭，冒雨拨棘而上。磴级既尽，复叠石横栈，度崖之左，已出瀑上。更溯之入，直抵北岩下，蹊磴俱绝，两瀑自岩左右分道下。遥睇岩左犹有遗磴，从之，则向有累石为桥于左瀑上者，桥已中断，不能度。睇瀑之上流，从东北夹壁中来，止容一线，可践流而入。计其胜不若右岩之瀑，乃还，从大石间向西北上跻，抵峡窟下，得重潭甚厉，四面俱直薄（迫近）峡底，无可缘陟。第从潭中西望，见石峡之内复有石峡，瀑布之上更悬瀑布，皆从西北杳冥（深远而不可见的地方）中来，至此缤纷乱坠于回崖削壁之上，岚光掩映，石色飞动。久之，还出层瀑下。仲昭以觅路未得，方独坐观瀑，遂同返护国。闻桃源溪口，亦有路登慈云、通元二寺，入万年，路较近；特以秀溪胜，故饭后仍取秀溪道。西行四里，北折入溪，溯流三里，渐转而东向，是为九里坑。坑既穷，一瀑破东崖下坠，其上乱峰森立，路无可上。由西岭跻，绕出其北，回瞰瀑背，石门双插，内有龙潭在焉。又东北上数里，逾岭，山坪忽开，五峰围拱，中得万年寺，去护国三十里矣。万年为天台西境，正与天封相对，石梁当其中。寺中古杉甚多。饭于寺。又西北三里，逾寺后高岭。又向西升陟岭角者十里，乃至腾空山。下牛牯岭，三里抵麓。又西逾小岭三重，共十五里，出会墅。大道自南来，望天姥山在内,已越而过之,以为会墅乃平地耳。复西北下三里,渐成溪,循之五里,宿班竹旅舍。

天台之溪,余所见者:正东为水母溪;察岭东北,华顶之南,有分水岭,不甚高;西流为石梁,东流过天封,绕摘星岭而东,出松门岭,由宁海而注于海。正南为寒风阙之溪,下至国清寺,会寺东佛陇之水,由城西而入大溪者也。国清之东为螺溪,发源于仙人鞋,下坠为螺蛳潭,出与幽溪会,由城东而入大溪者也;又东有楢溪诸水,余屐未经。国清之西,其大者为瀑布水,水从龙王堂西流,过桐柏为女梭溪,前经三潭,坠为瀑布,则清溪之源也;又西为琼台、双阙之水,其源当发于万年寺东南,东过罗汉岭,下深坑而汇为百丈崖之龙潭,绕琼台而出,会于青溪者也;又西为桃源之水,其上流有重瀑,东西交注,其源当出通元左右,未能穷也;又西为秀溪之水,其源出万年寺之岭,西下为龙潭瀑布,西流为九里坑,出秀溪东南而去。诸溪自青溪以西,俱东南流入大溪。又正西有关岭、王渡诸溪,余屐亦未经;从此再北有会墅岭诸流,亦正西之水,西北注于新昌;再北有福溪、罗木溪,皆出天台阴(即天台山北面),而西为新昌大溪,亦余屐未经者矣。

宁海西门古道

002 西门

　　西门即宁海城关西门。《徐霞客游记》开篇中"自宁海出西门"即指此。宁海城关原有古城墙护卫。明代为抵御倭寇侵犯,宁海县令林大梁,于嘉靖三十一年(1552),率众扩建县城,挖护城河,并设六门,西门称"登台门",意为登上天台山之门,徐霞客即出此门而就天台道。沿路两侧有西山殿、田将军墓、方祠、陈长官墓道、文昌书院、石三女墓、贞节坊、它山殿等名胜古迹。西门口原有西门路廊,为行人歇脚解乏之所,20世纪旧城改造时被拆毁;现存有柔石故居、登台路、西门村等地名。2010年移址溪南桥头重建西门,成为宁海一景。

西山夕照

马世科

西山错迭暮烟遮,古峇高低夕村斜。
峰影横连函谷气,晴光直夺锦江霞。
枫林掩映余辉澹,花坞参差返照赊。
凭眺东楼堪画处,好留瑞色到人家。

作者简介:马世科,清代宁海城区市门马家人。

过城西它山庙

沈世襄

积翠沉沉暗暮林,悠然小憩惬重阴。
山僧迓客穿云远,野鹿窥人入树深。
香阁倚空舒望眼,石泉通沼净尘心。
等闲不尽同游兴,留待归途取次吟。
——选自崇祯《宁海县志》

作者简介:沈世襄,字元赞,昆山人。它山庙,在宁海县城外西南隅溪滨,明初始建,后毁,万历庚辰(1580)僧德庆重建。

宁海竹枝词

王梦赉

城西积翠曰它山,一勺泉生廉让间。
饮此能教尘虑涤,游人胜日快跻攀。

竹筏编成泛绿漪,一篙春水载鹭鹚。
毋用网罟毋用钓,管取生鱼作酒资。

作者简介:王梦赉(1863—1904),号子云,别号执中,宁海城东塘心人。邑庠生。就学于乡先生袁慕韩,颖悟异常。庚子春,尝以《宁海竹枝词》三十首见知于章太史,章大加赞赏。其诗名拔冠缑城,生性豪爽,善饮,著有《乐吾轩集》。其中多首竹枝词描写徐霞客古道上的节点。

宁海西门

新城碑记

秦鸣夏

邑治东南北，俱岸大海，唯台姥迤迤，与西壤接。按志：唐永昌元年，自海游徙今地，故无城郭。所恃健跳、越溪、铁场、窦岙、曼岙、长亭戎所，巡寨城守骈错，足为外捍已尔。我朝顺德，海波不扬者凡二百年。治极而蛊，边民挟倭为寇，闯逼关隘，莫敢何问，比嘉靖壬子（1552），遂大肆劫掠，焚黄岩，蹂昌国，各邑不危者，仅仅如线。

闽进士双湖林侯，莅治未几，寇至而瘁力捍御，寇退而开诚拊循，逃遁环集，民用底定，乃属其耆老面告之曰：夫生厉有阶，御寇无策，曩时所恃以为安者，今无赖矣。无已其城乎？夫城之为役固钜，然与其委积聚以资寇，孰与并汗血以自守？且吾诚不欲靳一时财力而不为吾民建万世长策也。众唯唯，唯侯命。则以请于抚按藩臬，咸以可报。于是诹日庀工，度道里，平板干，均劳佚，称廪饩。凡费之出于公者六，出于民者四。以嘉靖壬子十月始作，而以甲寅之二月成。城延袤一千五百四十一丈，高二丈四尺，广一丈八尺。城之东曰靖海，南曰迎薰，西曰登台，北曰拱辰，又西北设小北门。役成，侯与士民登而落之，射孔星连，曲洞森卫，睥睨业起，闭牖高悬，言言仡仡，足以耸观视而消奸匿矣。

由是邑博朱君华宗、熊君秀、陈君朝辅暨合庠多士，征言勒石以昭后来。予唯世之言治者，祖袭在德在险之论，莫不以城郭沟池为保邦末务,其说似也。然莒陋不备,师溃于楚,春秋以为讥。而南仲城朔方,山甫城东方,诗人歌之,夫子录焉,抑何以称乎?盖物有本末,而推行先后之间,则存乎时,时之所先,虽末也,有不容以后夫本者,故医家缓急标本之喻,未尝不为岐黄之要诀也。夫民患孔棘,恃吾以为命,乃吾不为长虑,却顾方泄泄然曰吾民义可使也其礼可用也,卒不可为则诿曰吾其如何,此其传舍视民修辑去能以寸哉?矧今寇氛甚恶,劳师匮财,迄无宁岁,唯天子喟然觉悟。宽失职之诛,重死节之奖,总其责于守令。一时州邑无城者,咸听修筑,盖石画之臣,其见同矣。唯侯恭宽敏惠,举数百年废坠之役,屹然以身与民,民亦忻然成侯之志。公无羡费,人无留力,工无余技,不动声色而丕绩用成,其于本末先后之间,不既有成算乎?吾不知他邑之兴是役者如何也。是役也,董之以邑丞李君锭,参画程督劳勚为多,若主簿许君俊,典史王君椿,咸预有事者也。义得并书于石。

侯名大梁,字以任,闽之同安人,双湖其别号云。

作者简介:秦鸣夏,生卒年不详,临海人,明朝进士。秦家为临海"文化世家",有"一状元三进士"之誉,其弟秦鸣雷则是嘉靖二十三年(1544)的状元。

蒙庵记

于有成

蒙庵在邑治西一里，宋隐士王度之所筑也。地居爽垲，前有溪山之胜，后有流泉竹木之美，当时邑之名流日集于此。

余亦素怀隐志，往年尝有书与王君稚叔曰："安得草椽三四间，种花植木、终年读书，卒能放意于幽闲之适者？"此天下之至乐，不能以自裕其生，虽有志于幽闲之适，亦不得其所乐，故每于王君致仰羡焉。王君志高而气不尘，趣远而兴无尽，凡意向所欲者，自能超出于世俗之外。盖其诵诗书，卒有味于其内者之乐，而知求于外者之无益也。山巅水涯，溪流丛薄，苟有娱心恋目者，必于是舍而有之。旧屋有辫堂，堂之侧有圃焉，有亭焉，柳池花径，可渔可折，坐亭上亦足以览山光而聆水声，使余得是亭，亦足以消愁而解酲。今又有蒙庵焉，而庵之结撰尤胜，地隐而室迩，廛近而境幽，丹雘不施，茅茨以易瓦也。青山绿水，舍是无可与敌。南山有名卧龙，曰千丈岩，曰洗马潭，潭与岩皆近山，山横大溪，溪之左尽美田，晓窗而朝日红，晚林而余辉紫，一日之间，千态万状，云烟无定，随意可指。春宜暄燠，夏宜高凉，秋宜于观月，冬宜于听雪，此则蒙庵风物之大致也。王君日徜徉于是，据梧而坐，溯古则观书，遣兴则赋诗。云轩月槛，玲珑虚敞，花丛竹坞，参差辉映。步其下，池有玉荷；涉其旁，果有菱芡。凡此者，岂非余之欲得而羡王君之所能得欤？人境固有佳处，往往好事者始能见之。此庵佳致，其先未有择于王君也,而王君独能得之,是非有味于其内者之深且远,故能随所触而各得其鉴取也。然则蒙之义亦大矣哉。纵观万物,蒙然而未露也,凡物之精华充美皆包于蒙稺未发之余。及其出焉,弱则衰,旺则强,各随其所赋以致美恶焉。夫其初者固亦多矣,故夫世斗角于功利之途,进而不知退,出而不知返,不能安分守己以乐天知命者,实皆未知夫蒙之义也。王君知之熟矣,味其名复有感于余,故愿与王君记之。

王君,名度,稚叔其字云。

作者简介:于有成,爵里不详。此文作于北宋庆历五年(1045)九月。

集良亭文

王文卿

鼫鼠五技已穷,自宜知退;鹪鹩一枝易足,但欲谋安。乃依环堵之居,因筑蓬茆之所。云壑老翁,志怀枌槚,年迫桑榆,取禾三百廛,每惭过隙;骑驴四十载,甚厌奔名。园存芋栗之余,地绍箕裘之旧,茂林修竹,本从昔以栽培;重榭回轩,方取新而营创。规模经始,丰约适中,划三径之就荒,拟四时之游赏。荷风匝座,萝月窥檐。碧树生香,玩小山之岩桂;丹葩烁艳,醉西施之海棠。客或叩扃,吾方倒屣,倾汝阳之三斗,诵《离骚》之《九章》。穷胜事于园林,逸老怀于邱壑。乃涓吉日,爰举修梁。自此四并,欣然一往。抛梁东,身著青袍拜木公,蝴蝶满园花有信,春来二十四番风。抛梁南,乃翁白发两鬖鬖,衰颓已负三宜去,懒慢那兼七不堪。抛梁西,落日投林谷鸟啼,倒著接䍦花亦醉,红霞蒸起武陵溪。抛梁北,睡魂引入华胥国,拈棋一局三百终,子下满盘俱是黑。抛梁上,遮眼图书真跌宕,但能饱飰(同"饭")送余年,不管世间闲得丧。抛梁下,日趣园官供菜把,觅取田家老我杯,春秋长作难豚社。伏愿上梁之后,痴顽自若,洒落不拘,泛清瑟以写情,负锦囊而摘句。颓龄可度,往叩西山之二童;真赏难忘,要对北窗之三友。

作者简介:王文卿,明代宁海辛岭王人。此文作于明成化二年(1466)冬。

宁海跃龙山将军湖

〇〇三 田将军墓

　　田什,原籍陕西凤翔。南朝梁武帝时,被授为殿前将军,并封为武岗侯。梁太清二年(548),侯景作乱,梁武帝派邵陵王萧纶督军讨伐,田什随萧部出战。不料,国中临贺王萧正德又倒戈叛变,并接应侯景,联合进攻台城。萧纶不得已还军救援,大战于台城。田什偕田寅、田宅二子浴血奋战,终因寡不敌众而失败,两子俱亡阵中。太清三年三月,台城陷落,萧纶出奔武昌。549年,萧绎得武帝密旨即位,为元帝,派兵讨侯景。551年6月元帝胜局在握,552年3月平定侯景之乱。萧纶于公元551年2月被魏将杨忠和几通执杀于汝南。元帝为庆祝胜利,奖赏平定侯景功臣,封田什为靖边侯,镇守临海郡,设总部于宁海。梁亡后,田什多次拒召入京做官,自此不问国事,合家卜居广度里,为我县田氏之先祖。

题田将军墓

王道模

剑印埋藏不计春,丰碑尚记靖边尘。
龙章特宠曾三锡,马鬣崇封又一新。
云里旌旗疑草木,泉中精魄动星辰。
题诗望寄家声远,珍重将军后起人。

作者简介:王道模,清代宁海城西人。

题田将军墓

陈 阶

桐柏东来去涉春,邵陵鸿迹久埋尘。
灼知王子称名误,始见将军著烈新。
护主余威留一甲,辞征峻节炳三辰。
册篇出水芙蓉句,犹作东山述祖人。

作者简介:陈阶,清代宁海白峤人。

题田将军墓

张允斌

隐迹缑西几度春,身骑箕尾脱嚣尘。
魂归碧落千秋壮,庙祀花楼百代新。
岁岁烝尝同享荐,年年俎豆荐芳辰。
古来将相知多少,仿佛田侯有几人。

作者简介:张允斌,清代宁海城区人。

题田将军墓

叶桐封

南北纷争急,勤王镇海滨。
文人如宿将,乱世一忠臣。

作者简介:叶桐封(1885—1948),字崇水,号一舟,宁海城关人,清光绪年间拔贡,有诗名。著有《一舟诗草》。

宁海城隍庙

梁靖边侯什将军传

华 祝

靖边侯讳什，姓田氏，字号失传，陕西凤翔人。梁武帝太清间，授殿前将军，晋封武岗侯。迄侯景作乱围台城，公率二子，讳寅、讳宅冲锋力战，不幸阵亡。已而城陷，公奉太子邵陵王纶出奔，迨岳阳王詧即帝位。纶复国，感公忠义，请命于朝，屡征不起，敕封靖边侯。遂命镇守台郡，公挈宅子任，驻劄宁邑之广度里焉。公殁，英灵显赫，能御灾捍患，居民咸奉为神。

唐广德间，邑东绅士建花楼殿，绘遗像以祀公，而龙山斗阁亦有将军之遗像焉。迨钱王之宝正六年（931），追封崇祀。暨元太祖出征西戎，被戎人所困，军中乏水，士马苦渴，公化一羽衣士，示以甘泉，一军尽济。翌日太祖危急，见一猛将铁面长躯，金盔铣鋻，奋威助战，挡者披靡，太祖问之，曰：臣乃宁邑花楼人是也。忽而不见，乃知为神。太祖降敕书，封为英助伯。

其子姓居宁邑中，至十四世孙均镇公迁居梅枝，椒聊蕃衍。其墓在广度里西偏，当时未立县城。至明嘉靖十三年而城始筑，墓处阛阓间，渐为居民所侵，幽宫莫辨。清乾隆十年（1745）冬，墓侧民居悉毁。时江左名进士程公讳煜宰宁。来视火，见石椁，窥其中有铁鍪铠，询知为田将军墓。辄清复墓地，建祠立坊，并通详各宪，置祀产若干，旋命胥吏造册定案，每岁春秋二季，邑主莅祀，祭以少牢，裔孙相祀，永以为例。

夫以公之英灵伟绩，炳炳若斯，而太史氏何以不载？其奉邵陵王出奔,与公至宁海之由,郡县志亦未详及。程按通鉴纲目,梁太清二年(548)八月,侯景以寿阳反,梁主遣邵陵王纶督军讨之。十月临贺王正德内叛,引侯景兵进围台城。邵陵王纶还军来援,为侯景所败。三年三月侯景陷台城,邵陵王纶出奔会稽,纶子永安侯,名确,伪事侯景,爱其勇,置左右为腹心。纶潜使人呼之,确报曰,父王勿以儿为念,儿欲为报仇手刃之,憾未得其间耳。六月确从侯景钟山引弓射鸟,本欲射侯景,弦断不得发,为侯景所觉,遂遇害。祝意此时景必遣将赴会稽,杀其父纶。田将军必为邵陵王心腹,与景战不胜,乃与董贾二将保王奔宁海,时自会稽来,故史氏不及载。当侯景倡乱时,梁临贺王正德,纳侯景,自即帝位;湘东王绎,淹留不进,后亦自即帝位;岳阳王詧称臣于东魏,魏人立为帝。此皆武帝子孙,一临危难,皆自图富贵,不顾君父。独邵陵王父子,志切君父,始终不改;将军父子乃心切王室,始终不变。君臣一德,云龙相从,其忠魂义气,薄日月而贯金石,故声灵赫赫,上动帝王,下感臣庶,金章锡爵,华殿崇祀,玉帛辉煌,俎豆馨香,与跃龙势马并寿不朽也。宜哉宁邑,当晋以前,固海隅荒域之地。自将军卜筑以后,一千四百余年,鸟集鱼萃者,不下百族,唯田氏为最古,乃其家乘中未尝为将军立传。嘉庆丙寅,祝纂修其家乘,为之立传,以示不朽云。

作者简介:华祝,号金山,宁海城北桥亭人。此文作于清嘉庆十一年(1806)。

宁海城隍庙戏台

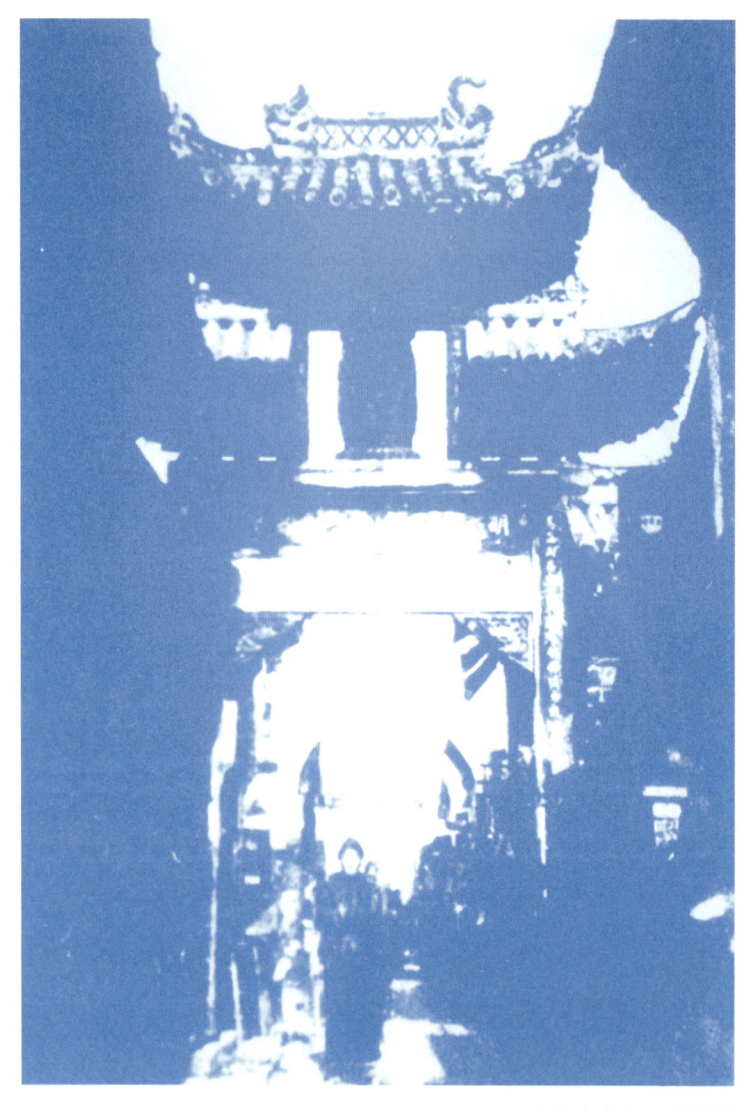

宁海中大街正学牌坊

〇〇四　正学祠

方孝孺(1357—1402),字希直,一字希古,号逊志。浙江宁海人。明代大臣、著名学者、文学家、思想家。师从"开国文臣之首"的翰林学士宋濂,历任陕西汉中府学教授、翰林侍讲、侍讲学士,升任文学博士。建文年间(1399—1402)担任建文帝的老师,主持京试,推行新政。在"靖难之役"期间,抵制燕王的军队。讨伐燕王的诏书檄文,均出自方氏之手。燕王进京后,方孝孺拒绝与朱棣合作,不屈而亡。"义井亭"就是这段历史中的一处遗址。据有关史料记载,当时,宁海县被株连者无数,横尸枕藉,无人敢收埋,义士马子同不畏杀身之祸,收尸体投入此井,最终自己也跳井自尽,井水尽赤。明万历年间,县令曹学程在此井上建亭,名此亭为"义井亭",上悬一匾题"义井忠泉"。可惜这处古迹在"文革"时被毁。

方孝孺像

题方正学先生祠堂

叶向高

燕歌一夜满都城,大内罘罳火彻明。
无复看书延侍讲,仍传天语劳先生。
两朝事往君恩在,十族烟消诏草成。
为问精灵何处是,雨花台畔子规声。

作者简介:叶向高(1559—1627),字进卿,号台山,福清人。明万历十一年(1583)进士,选翰林庶吉士,授编修。历官坊局、南京吏部侍郎、礼部尚书、直东阁等,以少师、中级殿致仕。卒谥文忠。著有《说类》等。

吊方正学祠址

曹学程

瞻仰仪型感慨深,勿看白日惨秋阴。
祠荒残碣苔重合,木落空斋鸟自鸣。
仗节一身甘赤族,褒忠千古见丹心。
西风遮莫吹双泪,怕染緱城血满林。

作者简介:曹学程(1563—1608),字希明,号心洛,全州西隅人。万历十一年(1583)进士。历任石首(在今湖北南部)、宁海知县。万历十八年(1590)修《宁海县志》,今佚。因政绩卓著,擢为御史。

拜方正学先生祠堂

顾起元

白马魂空结,朱蛇谶岂真?
九重原叔侄,一死自君臣。
鼎镬当年事,烝尝异代人。
西山一抔土,寂寞闷冬春。

同姓非黄钺,群方有赤符。
谁为殿下走,甘作合门诛。
桥畔血犹碧,山中骨已枯。
新祠严伏腊,千古激顽夫。

匿孤闻县幕,收骨有将军,
禁密趣烹客,心枯绝命文。
泪痕台北土,魂梦海东云。
劝进同时士,麒麟自纪勋。

作者简介:顾起元(1565—1628),字太初,一作璘初、邻初,号遁园居士,江宁(今南京)人。明万历二十六年(1598)探花,官至吏部左侍郎兼翰林院侍读学士。通文史,晚年居家,志事著述,诗文集累计百卷。

正学先生祠

邬良佐

生也非徒然,生为纲常崇。
死也非徒然,死为纲常终。
纲常一振立,身没道愈隆。
吾宁昔多士,度越无如公。
道德溯洙泗,节义凌昊穹。
十族事虽惨,鼎镬甘相从。
洗马潭中水,卧龙山上风。
千年流不尽,万古吹还同。
芳名与芳祀,山川共无穷。

作者简介:邬良佐,字世忠。明代学者,宁海璜溪口人。幼负大志,博学经史,入太学,嘉靖初曾上疏请祀方孝孺,因未获准而嗟叹。著有《道学统宗内外二传》。

义井亭

谒正学先生祠

吕纯如

逊国名臣首赤城,高皇养士得先生。
华亭唳鹤归何日,御苑啼鹃夜五更。
忠义在人真不朽,衣冠食报似犹轻。
休嫌故里将迎少,谈虎惊心亦世情。

作者简介:吕纯如,字孟谐,一字益轩,吴江人。明万历二十九年(1601)辛丑科进士,官至兵部侍郎。撰有《学古适用篇》91卷。

谒正学先生祠

谢三秀

草诏当年抗至尊,噍余何意有孤存。
九原不起忠臣骨,十族难酬故主恩。
事与殷墟堪堕泪,歌唯楚些足招魂。
芳祠静掩寒松下,黄鸟哀哀白日昏。

作者简介:谢三秀(1550—1624),字君采,又字元端,晚年自号萍隐丈人,明朝贵州前卫(今贵州贵阳)人。天资聪明,才气横溢,勤奋好学,善工诗文,被誉为"明末贵州第一奇才"。

过宁海不及拜希古先生祠

张廷登

先生何处有遗祠,流水高山世世师。
八百周基原大定,闲留一扣使人思。

作者简介:张廷登,明时人,生平不详。

谒正学方先生祠

宋奎光

北旗当日破江烟,怅望龙飞竟杳然。
九死自甘流碧血,千秋遗憾寄金川。
家山回首空苹藻,故国游魂泣杜鹃。
仰止孤忠情不奈,白虹长亘沵寥天。

作者简介:宋奎光,字元实,号培岩,江苏常熟人。万历四十年(1612)举人,崇祯四年(1631)任宁海县令,次年主修《宁海县志》。能诗文,工书法,著有《贻白堂绪笺》《苏州志》等。

谒方先生祠

徐胤翃

革朝龙去地天愁,血洒明庭赤电流。
十族有知甘九死,一枝无恙泣孤留。
荒阶雨渍茸纤草,崩宇云封宿野鸠。
独指青溪山共远,汤汤不尽荐苹馐。

作者简介:徐胤翃,字孟凌,明万历年间钱塘人。

谒方正学祠

徐镛

靖难人何在,先生像独尊。
余风格顽懦,正气塞乾坤。
十族冤声惨,千秋是字存。
我来深仰止,流涕荐芳荪。

作者简介:徐镛(1810—1890),谱名锡纯,字公赧,号友笙,宁海长街山前人,清道光二十二年(1842)岁试入邑庠,加州同衔,善诗,有《红岩山房诗稿》《丹山游草》《回浦诗钞》等。

谒方正学先生祠

黄映庚

万古纲常地,千家涕泪余。
青天骑列宿,白日照荒居。
海拥苌宏血,山垂太史书。
成王竟安在? 瞻拜为唏嘘。

作者简介:黄映庚(1729—1787),字南金,号星浦,宁海城关司马第人,清乾隆三十六年(1771)举人。初授江苏武进知县、镇江府通判、松江知县,后至青浦知州。任职期间,身体力行,颇有政声。

谒正学祠

叶桐封

文星此夕殒缑城,文运千秋启大明。
七岁卓驰韩子誉,一官不减贾生名。
危微心法唐虞远,忠义肝肠铁石贞。
自是读书真种子,高山可仰景行行。

谒方正学祠

陈大锡

高皇养士三十年,鉴儒误国无名贤。
先生独抱首阳节,剖析大义抗幽燕。
诏书可辱不可草,英主气焰徒熏天。
满腔热血洒天地,早得一死归黄泉。
弟兄骈首已残忍,哀哉十族同株连。
先生长往不复作,闻风涕泪犹涟涟。
上彻星辰下溪谷,精光耿耿千秋悬。
我来凭吊落残日,悲风飒爽闻啼鹃。

作者简介:陈大锡,生卒年不详,宁海人。

谒方正学先生祠

赵 恪

草诏棱棱触怒威,乾坤正气属麻衣。
不妨十族同生死,要与千秋论是非。
夜月城空闻鹤泪,春花梦断怅魂归。
祠堂瞻谒情何极,古柏森森照落晖。

作者简介:赵恪,字一庄,宁海城内人。清道光四年(1824)岁贡生,任吏部给事中。

方孝孺读书处

方孝孺传

张廷玉

方孝孺,字希直,一字希古,宁海人。父克勤,洪武中循吏,自有传。孝孺幼警敏,双眸炯炯,读书日盈寸,乡人目为"小韩子"。长从宋濂学,濂门下知名士皆出其下。先辈胡翰、苏伯衡亦自谓弗如。孝孺顾末视文艺,恒以明王道、致太平为己任。尝卧病,绝粮,家人以告,笑曰:"古人三旬九食,贫岂独我哉!"父克勤坐"空印"事诛,扶丧归葬,哀动行路。既免丧,复从濂卒业。

洪武十五年(1382),以吴沉、揭枢荐,召见。太祖喜其举止端整,谓皇太子曰:"此庄士,当老其才。"礼遣还。后为仇家所连,逮至京。太祖见其名,释之。二十五年,又以荐召至。太祖曰:"今非用孝孺时。"除汉中教授,日与诸生讲学不倦。蜀献王闻其贤,聘为世子师。每见,陈说道德。王尊以殊礼,名其读书之庐曰"正学"。及惠帝即位,召为翰林侍讲。明年迁侍讲学士,国家大政事辄咨之。帝好读书,每有疑,即召使讲解。临朝奏事,臣僚面议可否,或命孝孺就扆前批答。时修《太祖实录》及《类要》诸书,孝孺皆为总裁。更定官制,孝孺改文学博士。燕兵起,廷议讨之,诏檄皆出其手。

建文三年,燕兵掠大名。王闻齐、黄已窜,上书请罢盛庸、吴杰、平安兵。孝孺建议曰:"燕兵久顿大名,天暑雨,当不战自疲。急令辽东诸将入山海关攻永平;真定诸将渡卢沟捣北平,彼必归救。我以大兵蹑其后,可成擒也。今其奏事适至,宜且与报书,往返逾月,使其将士心懈。我谋定势合,进而蹴之,不难矣。"帝以为然。命孝孺草诏,遣大理寺少卿薛岩驰报燕,尽赦燕罪,使罢兵归藩。又为宣谕数千言授岩,持至燕军中,密散诸将士。比至,岩匿宣谕不敢出,燕王亦不奉诏。五月,吴杰、平安、盛庸发兵扰燕饷道。燕王复遣指挥武胜上书伸前请。帝将许之。孝孺曰:"兵罢,不可复聚,愿毋为所惑。"帝乃诛胜以绝燕。未几,燕兵掠沛县,烧粮艘。时河北师老无功,而德州又馈饷道绝,孝孺深以为忧。以燕世子仁厚,其弟高煦狡谲,有宠于燕王,尝欲夺嫡,谋以计间之,使内乱。乃建议白帝:遣锦衣卫千户张安赍玺书往北平赐世子。世子得书不启封,并安送燕军前。间不得行。

明年五月,燕兵至江北,帝下诏征四方兵。孝孺曰:"事急矣。遣人许以割地,稽延数日,东南募兵渐集。北军不长舟楫,决战江上,胜负未可知也。"帝遣庆成郡主往燕军,陈其说。燕王不听。帝命诸将集舟师江上。而陈瑄以战舰降燕,燕兵遂渡江。时六月乙卯也。帝忧惧,或劝帝他幸,图兴复。孝孺力请守京城以待援兵,即事不济,当死社稷。乙丑,金川门启,燕兵入,帝自焚。是日,孝孺被执下狱。先是,成祖发北平,姚广孝以孝孺为托,曰:"城下之日,彼必不降,幸勿杀之。杀孝孺,天下读书种子绝矣。"成祖颔之。至是欲使草诏。召至,悲恸声彻殿陛。成祖降榻,劳曰:"先生毋自苦,予欲法周公辅成王耳。"孝孺曰:"成王安在?"成祖曰:"彼自焚死。"孝孺曰:"何不立成王之子?"成祖曰:"国赖长君。"孝孺曰:"何不立成王之弟?"成祖曰:"此朕家事。"顾左右授笔札,曰:"诏天下,非先生草不可。"孝孺投笔于地,且哭且骂曰:"死即死耳,诏不可草。"成祖怒,命磔诸市。孝孺慨然就死,作绝命词曰:"天降乱离兮孰知其由,奸臣得计兮谋国用犹。忠臣发愤兮血泪交流,以此殉君兮抑又何求?呜呼哀哉兮庶不我尤!"时年四十有六。其门人德庆侯廖永忠之孙镛与其弟铭,检遗骸瘞聚宝门外山上。孝孺有兄孝闻,力学笃行,先孝孺死。弟孝友与孝孺同就戮,亦赋诗一章而死。妻郑及二子中宪、中愈先自经死,二女投秦淮河死。

孝孺工文章,醇深雄迈。每一篇出,海内争相传诵。永乐中,藏孝孺文者罪至死。门人王稌潜录为《侯城集》,故后得行于世。仁宗即位,谕礼部:"建文诸臣,已蒙显戮。家属籍在官者,悉宥为民,还其田土。其外亲戍边者,留一人戍所,余放还。"万历十三年三月,释坐孝孺谪戍者后裔,浙江、江西、福建、四川、广东凡千三百余人。而孝孺绝无后,唯克勤弟克家有子曰孝复。洪武二十五年尝上书阙下,请减信国公汤和所加宁海赋,谪戍庆远卫,以军籍获免。孝复子琬,后亦得释为民。世宗时,松江人俞斌自称孝孺后,一时士大夫信之,为纂《归宗录》。既而方氏察其伪,言于官,乃已。神宗初,有诏褒录建文忠臣,建表忠祠于南京,首徐辉祖,次孝孺云。

孝孺之死,宗族亲友前后坐诛者数百人。其门下士有以身殉者,卢原质、郑公智、林嘉猷,皆宁海人。

原质字希鲁,孝孺姑子也。由进士授编修,历官太常少卿。建文时,屡有建白。燕兵至,不屈,与弟原朴等皆被杀。

公智字叔贞;嘉猷名升,以字行。皆师事孝孺。孝孺尝曰:"匡我者,二子也。"公智以贤良举,为御史,有声。嘉猷,洪武丙子以儒士校文四川。建文初,入史馆为编修。寻迁陕西佥事。尝以事入燕邸,知高煦谋倾世子状。孝孺间燕之谋,实嘉猷发之。

胡子昭,字仲常,初名志高。荣县人。孝孺为汉中教授时往从学,蜀献王荐为县训导。建文初,与修《太祖实录》,授检讨。累迁至刑部侍郎。

郑居贞,闽人。与孝孺友善,以明经历官巩昌通判、河南参政。所至有善绩。孝孺教授汉中,居贞作《凤雏行》勖之。诸人皆坐党诛死。

孝孺主应天乡试,所得士有长洲刘政、桐城方法。

政,字仲理。燕兵起,草《平燕策》,将上之,以病为家人所沮。及闻孝孺死,遂呕血卒。

法,字伯通。官四川都司断事。诸司表贺成祖登极,当署名,不肯,投笔出。被逮,次望江,瞻拜乡里曰:"得望我先人庐舍足矣。"自沉于江。

成祖既杀孝孺,以草诏属侍读楼琏。琏,金华人,尝从宋濂学。承命不敢辞。归语妻子曰:"我固甘死,正恐累汝辈耳。"其夕,遂自经。或曰草诏乃括苍王景,或曰无锡王达云。

作者简介:张廷玉(1672—1755),康熙年间进士,雍正朝保和殿大学士、吏部尚书、军机大臣,加少保衔,后加太保。参与编纂《平定朔北方略》《御选咏物诗》《佩文韵府》,并充《明史》《四朝国史》《三朝实录》《大清会典》《治河方略》《皇清文颖》《玉牒会典》总纂官。

西门古银杏树

〇〇五 陈长官祠

在历代宁海县令中,最受宁海人民敬仰的首推五代县令陈长官。陈长官,名无考,五代吴越王时任宁海县令,故尊称长官。时苛捐杂税累增,各地官吏俱以重敛阿谀上司,独陈长官体恤宁海民情,拒绝加税,意坚辞激,自称"可使一身被杀戮,毋令百姓苦万世",并上书言宁海依山带海,土瘠收薄,难以加赋。上怒,逮陈长官入狱,陈长官于狱中题诗:"按则增科不自由,未曾举笔泪先流。高田沙瘦常忧旱,沿海涂咸少有秋。要使茧丝殚地力,愿将骨肉伴枷头。一时种了黄莲籽,万代令人苦不休。"

最后,陈长官被杀,而宁海税赋终无增,百姓免受重敛之苦。此后各朝税赋,宁海均轻于他县。陈长官死后,宁海百姓在县城西门建墓,基石有"履亩铭恩"四字,墓前石碑镌刻"陈父神道"。邑北设庙祭祀,邑南及梅林、西店等处皆建祠。城内桥梁、学校有以"遗惠"为名者,亦皆有感念陈长官遗惠之意。宋宝庆年间吴子良所作《县尹题名碑》、明方孝孺所撰《良吏篇》,皆提及陈长官。

拜陈长官墓

陈懋祥

平生丰骨傲公侯,到眼勋名等水流。
今对长官双屈膝,夕阳影里拜荒丘。

作者简介:陈懋祥,宁海长街西岙人。

拜陈长官墓

元琇

吴越钱王穷豪奢,诏书四下催科加。
官横吏暴虎添翼,十室八九闻咨嗟。
我邑幸逢陈父母,银铛不上民身手。
有何逆恶欺朝端,戮及刀锯肌血残。
循吏酷吏孰不死,使君死重如泰山。
黄土茫茫葬奇骨,至今民牧膝为屈。
一抔蓑草深蓬蒿,行人相戒敢轻拂。
波涛东望钱塘隈,锦绣江山安在哉?

作者简介:元琇,生卒、爵里不详。

陈长官祠

谢　铎

我闻晋阳守,不肯为茧丝。
晋国卒有难,仓卒以为归。
嗟嗟吴越镠,虐民以为嬉。
长官不加赋,竟为民死之。
吴越已无土,长官今有祠。

作者简介:谢铎(1435—1510),字鸣治,号方石,太平(今温岭)人,明天顺八年(1464)进士,次年授编修。弘治三年擢南京国子祭酒。次年称病归里,家居十年召复礼部右侍郎爱管祭酒事。曾与修《英宗实录》,校勘《通鉴纲目》,为茶陵派代表诗人之一,著作有《元史本末》《赤城新志》《桃溪净稿》。

谒陈长官祠

释受昌

仰止高踪武岭东,丛祠巍寄白云中。
千秋生气依然在,一段仁风旧日同。
陈父烝尝长不替,钱王社稷已归空。
更观苔壁遗诗句,恍忽危梁射彩虹。

作者简介:释受昌,明代僧人。

谒陈长官祠

石 简

生死殊途总未安,先生高义死尤难。
一朝我命为民命,千古新官拜旧官。
越土风烟春荡荡,吴宫禾黍夜漫漫。
时人欲识真因果,请向芳祠仔细看。

作者简介:石简(? —1551),字廉伯,号玉溪,宁海西隅人。尝自言:"作官自俸入外,丝粒皆非义。"清白之操,始终不二。民间有"天下清官,石简何宽"之传,故被后人称为"方正学之后第一人",工文章,著有《玉溪先生遗稿》《石氏家藏稿》等。

陈长官祠

徐胤翊

自昔言利臣,猛虎拟苛政。
唯彼保民者,赤子倚为命。
父母既孔迩,忍将膏血迸。
誓不急催科,毋宁以死净。
烝尝夙所钦,白日云霾净。

谒陈公祠

叶桐封

忠言终悟主,耿耿爱民心。
此日都门血,千秋庙祀森。

长官祠

施天寿

瘠土偏隅邑,陈侯五代贤。
赋方量亩减,身竟为民捐。
荒冢楸松古,崇祠俎豆绵。
深恩铭不尽,瞻拜一凄然。

作者简介:施天寿,清代宁海城区人。

清泉题陈长官墓

叶桐封

宰官几似我公清,只惜人民不惜生。
万代黄连心更苦,一篇残草谏尤诚。
青山何幸埋忠骨,瘠县从教得薄征。
俎豆千秋贤父母,葱茏佳气郁佳城。

续修陈长官祠碑记

毛 驭

陈长官者，宁之先朝令也。曷谓之长官也？长官不以姓名，更代而史亦无所考证，宁人世以长官称之，故曰长官。夫宁曷祀乎长官也？长官当吴越王据东浙，雄并天下，日与聚敛。臣辅谋益赋于民，以是国饷十倍于百，百倍于千，千倍于万，万倍于亿。时浙郡曰杭，曰严，曰金，曰宁、绍、台等，靡不各以其赋益重献谀心焉。独长官治宁弗就胁，抗羊、毛二使词甚激，意"可使一身被杀戮，毋令百姓苦万世"，二使怒，竟以死诸狱中。书上王，王感悟，遂罢宁赋。故宁之赋无征重者，实长官遗也。迄今，岁凡几税，税无厚敛，曰长官惠也；岁凡几役，役无重烦，曰长官惠也。故老幼者曰，微长官已焉哉，吾当流，奈何以弗祀也？贫乏者曰，微长官已焉哉，吾当移，奈何以弗祀也？佥于是谋以祀。若前侯张公羽，知所祀矣，而基则荒。吴公玺知略基矣，而功则忽。正德庚辰，适余来宁，宁之士民以事状白余，请毕祀焉。而寿官黄缜、袁炼直以身任董事之责。余曰：祀之立，所以存忠义，表贤节，以报功德者也。况今之祀，又出于人心之同然者乎。遂卜宅略基于妙相寺之右，量工命日，不数月而考成焉。维堂巍巍，维像森森，维门将将，维桷斯飞，维垣斯架。工既讫，余当记诸石。呜呼！石之记，其亦可畏也哉！宁之邑历千有余年，其更代令兹土者，殆数百数。民心之所归怀者，仅一长官焉。由是则凡非长官而令焉者，其以怨耶？呜呼！可畏哉！虽然，知民之所以可畏，盖亦自其畏之不见者图之。是故民之可畏在乎怨，怨之积在乎心，心之欲在乎财，财之专在乎赋。故赋者财之由也，财者怨之府也、民之心也。诚使薄赋以散财，散财以敛怨，敛怨以怀心，心怀而民有不祀者乎？唯其厚敛以困民也，民困而怨怼矣。是以先王知其可畏而之厚生以利用焉，故巡励稼穑，则有遂师；简器修具，则有遂大夫；催促事务则有具正；行助秩序，则有里宰；顺时视土辨种类，而县于邑间则有邑司稼。凡以周民数而厚生理者，靡所不至，故后世负耒耜者思帝德，躬稼穑者思禹稷，乐利用者思周政，观棠荫者思召芨，思且勿及，而何有怨乎？故自今观之，厚征以聚敛者吴越王也，捐生以薄赋者长官也，今之民知有吴越王者乎？知有长官者乎？畏也可图也矣，抑也以自警也已。是为记。

作者简介：毛驭，明代麻城人。

洋溪与清泉山

〇〇六 连理乡·清泉山

连理乡在县西南十里。《管里一·父老》云:溪南昔有栎成林,一夕风雨,林中作数百人声,且视枝干皆连理,故以名乡。乡里有溪南范家、元宝岭、穆坑(草湖)、冷水泓(双水)、枧川(枧头),沿线有清泉山、崇教寺、中丞庙、暗岩、太尉庙等名胜古迹。

特别是介于大溪和清泉山之间的那条古道,依山临溪,风景秀丽,空气清新,环境优美,明代大儒方孝孺曾谓之:"宁邑游者必至,至必乐之而归。"《徐霞客游记》开篇中的"人意山光,俱有喜态"之句当指此。崇寺山,原名清泉山,山麓有崇教寺。崇教寺,旧在县北三十里,名清泉,梁天监四年(505)建。隋大业元年废,唐乾元元年(758)徙崇寺山(碑纪作贞观间)。会昌中废,大中元年(847)复建,宋朝大中祥符年间(1008—1016)改为崇教寺。中有筠轩,前有清泉亭、龙王宫、寺塔,塔下有两碑。

崇教寺筠轩

罗 适

夜忆清轩上，都忘居会稽。
秋声先在竹，月色最宜溪。
银汉檐前直，玉绳天外低。
何人倚栏槛，为听下庄鸡。

作者简介：罗适（1029—1101），字正之，号赤城，宁海县溪南罗家人。治平二年（1065）登进士，历任桐城县尉、泗水、济阴、陈留、江都、开封县令及提点两浙刑狱，提点京西北路刑狱等。为官清正，能体察民情，关心民间疾苦，革除弊端，严禁巫术，为民平反冤狱，奖励农耕，注重兴修水利，是北宋较有影响的水利学家。

题崇教寺筼轩

张景修

碧玉窗棂三四间，一溪流水伴君闲。
雪中惜取青青节，不用开林自见山。
——选自《天台续集》

作者简介：张景修，字敏叔，常州人。治平四年（1067）进士，元丰末知饶州浮梁县。后两为宪漕，五典郡符，官终祠部郎中。年七十余卒。工诗文及词，尤以诗名为著。著有《张祠部集》。

游崇教寺

左　纬

只把山为界，红尘自此分。
竹窗吟听雪，苔席坐看云。
意在诗先到，心清道自闻。
深惭王许辈，孤鹤旧同群。

作者简介：左纬（？—约1142），字经臣，号委羽居士，黄岩县城东永宁山下人。少时以诗文闻名台州。早岁事举子业，后认为此不足为学，弃去，终身未仕。诗学杜甫，重视"意、理、趣"三字。

崇教寺寓居

洪　拟

七年溪山北,颇自爱吾庐。
人生真寄耳,何必赋归欤!

作者简介:洪拟(1071—1145),字成季,一字逸叟,镇江丹阳人。登进士甲科。崇宁中为国子博士。累迁给事中吏部尚书。言者以拟未历州县,以龙图阁待制知温州。寻以平贼功,仍召为礼部侍郎。绍兴三年(1133)因言事罢为徽猷阁直学士。后起知温州,提举亳州明道宫。拟在官不附权要,屡进谠言。曾流寓宁海。

崇教寺老衲话旧

徐胤翊

(一)

栖泊伊蒲十五秋,逢余追忆昔同游。
湖山老宿皆凋落,唯有双峰翠点头。

(二)

清泉山下看新晴,卷尽浮云千岫横。
日昃迟徊不能去,樗阴数里半溪声。

清泉山崇教寺偶憩

宋奎光

山气含秋爽,溪声漱碧痕。
如何烟莽径,云是旧祇垣。
老衲栖禅定,颓轩倚竹存。
碑趺探往胜,摹古剔云根。

清泉亭

王士弘

苍岩迸出玉流清,僧扁清泉起翠亭。
月射檐光虚醮白,水沉天影倒涵青。
凤鸣风谷宜时见,鹤下林皋入夜听。
兴味不穷情未足,栏干频倚看文星。

作者简介:王士弘,明洪武年间任宁海知县。靖海侯吴祯奉命收方氏故卒,无赖子诬引平民,台、温骚然。士弘上封事,辞极恳切。诏罢之,民赖以安。

题崇教禅楼

石文睿

十年不着登山屐,白发僧忙供野蔬。
层嶂静流诸院碧,清泉寒响一亭虚。
茶铛雨过烟出竹,鸲鸟昼闲声到庐。
踏遍封苔成大嚼,山灵还怪客来疏。

作者简介:石文睿(1482—1542),字之恩,号白山,城关小北门人,明嘉靖丙戌(1526)进士,授南京太常博士。著有《白山集》等。

题清泉山舍壁

钱运笏

萧然老屋依崚嶒,结得芳邻三五僧。
半榻茶烟风外扬,一帘花气雨中凝。
清香解渴斋厨酒,孤影燃愁法座灯。
且喜闲砧无剥啄,偶从方丈说三乘。

作者简介:钱运笏(1814—?),宁海城区钱家人。

清泉山题明孝烈女石三妹墓

叶桐封

女儿自古羡曹娥,至行看来更足多。
不惜微躯迟救父,偏怜大节急投波。
贞魂百里随归棹,芳冢千秋禁伐柯。
毕竟英雄属巾帼,清泉华表几嵯峨。

石烈女

陈宜遂

愿将弱质逐清波,留得芳名永不磨。
荒冢至今传救父,千秋岂独有曹娥。
———选自《西洲陈氏宗谱》

作者简介:陈宜遂(1596—1635),宁海长街西岙人,业儒。

独游崇寺山桃林

潘天寿

辛酉暮春,意绪无聊,每喜独游。看花则欲与对语,问水则久自凝眸,盖别有感于怀也。

（一）

茶花黄绽鹅儿翃,苔色绿明豹子斑。
正是江南风景好,寻春一笑便登山。

（二）

缓随瑶草夹衣轻,密干繁枝结绛缨。
同许清真同洒脱,万花扶我酒初醒。

（三）

春深洞口瑞云飞,画槛浓添碧草肥。
相对嫣然成一笑,不曾讶我是刚归。

（四）

云阶谁与共徘徊，远近高低迤逦开。
却道今宵重醉后，月明携我上天台。

（五）

千峰掠影转云车，日色花光灿彩霞。
低语莲华春更好，莫嫌粗粝饭胡麻。

（六）

一灯人倦月弯弯，帘影朦胧独闭关。
夜半吟魂飞铁马，漫天红雨艳沩山。

作者简介：潘天寿（1897—1971），宁海县冠庄人，当代著名画家、美术教育家。早年名天授，字大颐，号阿寿、雷婆头峰寿者等。平生积极从事艺术创作和艺术教育工作，为继承和发展我国传统绘画艺术、培养美术人才等作出可贵的贡献。新中国成立后，当选为全国人民代表大会代表。曾任中国文联委员，中国美术家协会副主席，浙江省文联副主席，中国美协浙江分会主席，浙江美术学院院长、教授等职。

溪南古樟

游清泉山记

方孝孺

环宁邑之山多可游,唯清泉去邑最为近。壬戌秋九月九日,予抵邑中。予友善者欲偕予游,求其近而易至者莫宜于清泉,于是携琴命觞而往登焉。

出西郭百余步,折而北,山阜隆起,无崇林巨壑峭异之观,弥望皆白茅丛生,作花纷若鹭羽。蹑而升,润滑不可停足,群奋相先,至其脊有怪石二,半陷于土,藓深碧色,鳞生其上,斑斑可玩。遂坐石旁,道古今事以为乐。久之,复循脊西行,冷风自西来,衣袂寒然飘举,不可进,就其洼,止而琴。琴音与风声相和,抑扬徐疾,琮琤澎湃,心融融如有得。起而四顾,落日与山当,东北云气中海涛际天,日光倒射海上,艳耀难正视。乃之山北草舍饮酒。饮已,琴重作,日暮始归,莫不动容慊意,以为兹游信乐也。

而予独有感焉。邑之名山十百于清泉者众多矣,然游者之迹罕至。纵偶登之,手疲于攀援,而趾病于践履,苟未窥其奥美之所,徒厌其劳而不知其为可乐也。是山较崇卑于彼,固有所不敌而游者必至,至必乐之而归,岂非高远者悦于时俗,而卑近易至者乃为常情所喜乎?然人于高远诚得其奥美而乐之,则其乐有不可既者。世顾莫肯自至,而每用心于卑且近者,何也?以易至者为足乐,夫岂天下之真乐也哉?而予于此游也,岂不足为学道之戒也哉!

同予游者凡八人:杨汝器、王修德、卢希鲁、杨文遇、章彦璞、龚彦佐、林嘉猷暨修德之外甥应贤。文遇善琴云。

重修清泉山崇教寺碑记

王 璞

　　台州府宁海县宣扬里清泉山,有古招提曰崇教寺,素为邑令祝釐之所,久废弗葺。知县事汾水王令士宏,请前寺住持严于戒律者佛嗣用昭,委以兴理之事。乃载诛莱,爰伐石,以大定某年,里属致书俾修葺永久。

　　按,寺于梁天监四年奉命经始,旧为邑北丛林,去县二十里许,曰崇教院。唐贞观间,县令以不便祈谒,因徙今地。援其统制皆未就绪,因仍有年,至贤禅师始宏廓之,两月之际径改院为寺。元初拟于五山之阳。大德壬寅闽僧文泉崇禅,肇始重建,竖三门、两庑,造佛菩萨、四金刚并阿罗汉诸像。舍利之塔、演法之堂、缭经典座以及仓庾庖湢之所,莫不具备。

　　自是梵呗之众、安禅之流,持钵云集,香灯芬馥,钟鼓交鸣,盖有大丛林之气象焉。至元元年(1264)寇兴,豪据专擅,赋敛横加,而寺之众不能容,向之殿台陈腐,而赋役烦应之不能当,则相率以窜,投方远遁,阒无僧众。香地既决,栋宇倾挠,风雨摧剥。里间尽舍其畴昔之建立者,仆殿毁堂,而其余资荡然无有遗者,灌莽盈庭,过者愤叹。

　　洪武八年(1375),王侯知县事,每于视事之暇,有修举废坠意,于是乎召集父老而议曰:"崇教为寺,为雩禜祷雨之所,其不可终废明矣。吾欲择比丘之纯于德敏于事者,悉以鸠工之事任之。"众以春山对,而春山既领事,即以领租供为任,慨然有为。于是发己橐,募众施,铢积而寸累之,始崇塔,终大殿,建三门、法堂、方丈、伽蓝、神祠、左右两庑次第就绩。像设之黙昧者饰之，阶甃之夷缺者补之，修复完葺。徒众法长以钱质田，以住持经用之余，储贮土木之费，植四山松竹数万本，栋宇翚飞，百废俱举。缁白四散，经理梵席，鱼磬相闻，峰峦增色，盖期岁之间而石泉之旧复矣。

璞尝谓：事之兴废系于时数，而人之相值，有合有开，机缘契焉。夫自贤公刱始以泊于今，中间隆替非一，而主法席以兴复著者，文泉、石泉二师而已。春山以王侯知己，乘此便力，既奋然有所建立，以继二师，自非缘契之适会，时数之当兴，曷克致是耶？世之老禅宿衲以师道自任，彼且不屑任事为，殊不知事之兴理不相留碍，而有为无为无非佛法。春山早岁尝讲道于大师德，故能圜悟通达，无所拘滞，慎于行敏于事如此，是宜其能焕发坠绪，而有光流映也。

璞忆幼时，尝从先生长者游兹寺中，犹及见其未废时，林木峻密，楼阁伟观，绿荫蔽日，卉彩交映，探幽憩静，而赋咏其间，其乐固可知也。前自丧乱之后，其荒落销歇之状，令人惕心疾首，不忍见闻。岁夏秋间，尝与王侯富师共坐坏殿下，俯仰兴感，而富师实庀事并始，今去乡未两载而闻其成绩宏伟如此，喜跃之剧，时形梦寐。因叙巅末，以纪岁月，而文何可以芜陋应哉。今王侯闻将代去，而璞亦守官外方，其兴复华盛之迹未及目览，盖徒企想于溪山云霭之间而已。他日东归，当葛巾野服，与师坐古松下，挹石间之清泉，煮茗而饮之，谈话今昔，以诵王侯之遗爱，想亦未晚也。

作者简介：王璞（？—1389），字蕴德，号纪善。宁海槐里王人。洪武间为宁海邑训。以贤良荐，仕藩邸。著有《王纪善集》。此文作于洪武九年（1376）四月八日。

葛太尉庙

〇〇七 双水

双水村又称两水孔。其中宁台古道上的暗岩路廊,为明清古迹,路廊内设有坐凳、茶台、茶缸,一年四季均有善男信女来此汲水烧茶,积德行善。行人至此既可以避风遮雨,也可以饮茶闲聊。暗岩旁还有双水泉,冬暖夏凉,常年不干,古为客旅解渴洗涤处,至今村姑村妇仍常成群来此汲水浆洗,成一展示民俗风情的景观。二三里许,即是枧头村,古时称枧川,有关刀潭,旁有董将军庙。

暗岩茶堂碑记

佚 名

　　窃以行旅停车，望先消其烦渴，里亭济众，功莫大于烹茶。当溽暑难禁之候，烦燥淋水以除；即隆冬凛冽之时，寒气以赖温润而御也。宁邑西关外五里，暗岩地方，路当孔道，往来行人，昼夜不绝。向有善信于和夏到地烧茶，往往春前秋后鲜有能施其德者。首事郑启明等同明岩庵住僧东法、徒志静目击情形，心窃惘。□□□置产出息，可作长年薪水之资，独肩其任，怅绵绵难支，各发婆心，望众擎之易举。缘纠同人，募捐产业，玉成胜事。自然大地清凉，无间于春、秋、冬时，定获无量功德。爰立贞珉，以垂不朽！

道光八年孟春月日

西竹庵碑

徐颖诩

宁邑西郭外,临溪皆清泉山也。去五里许,旧有暗岩,万历初戴内翰愚斋经此,更曰明岩。岩前台宁孔道,其地土石间杂,素无森木乔林,行旅暍者苦之。天政甲子,有邑民王春阳者,夹道栽松,不惮畚锸溉灌之劳,莳植者千余,自是数年间蔚然成荫矣。昔岩趾有庵,久被野火煨烬,一片袈裟地委诸宿莽瓦砾中。崇祯庚午(1630),春阳复慨然舍产弃室谒师,起法名洪慈,即于故址建庵栖焉。凡佛殿两庑,轮奂一新,而藏经有楼,修忏有堂,斋供有庖,湢然轩然,知非一手一足一朝一夕力也。洪慈此举,三善备焉。余欣赏其能解脱也,能舍己利物也,能建久远道也。古人云,十年种树,百年种德,洪慈以之。窃意世之号丈夫以豪杰自命者,至义利从违处,未免牵挂一丝,其能有此脱然否耶?书之庵中,俾醒今之为行旅者。

作者简介:徐颖诩,明代钱塘人。此文作于崇祯壬申(1632)仲秋望日。

两水拱八景

陈良顺

两水出泉

玉洞天然分两行,源泉次第各如常。
殷殷午夜无休息,滚滚春秋最远长。
活泼不须风力助,盈科奚借雨汪洋。
临川欲赋漪涟句,妙道微几是处彰。

圣樟渡溺

百尺空洞接地阴,灵樟昔与济先人。
不交松柏长为茂,且作舟航渡溺沦。
千古恩名传缥缈,万年胜事不相泯。
凝眸俨似将军树,遂与斡旋出宿尘。

石鹰栖巢

嵬壁峻嶒翠石鹰,睛凝仿佛独迷僧。
饥来难啄腥膻味,渴至全凭雨露兴。
玉兔乍惊时一掷,雕弓任矢不飞腾。
迁乔有志空生愿,为借风嚎唤友朋。

狮象聚会

两山对峙各成形,挖鼻金毛已效灵。
哀泣不愁身独立,哮呼何虑影孤鸣。
藤萝缠体随时在,苔藓成毛因侯青。
恍似雷陈胶漆谊,一唯苢壮一安宁。

仙人大坐

炼得丹来未入天,危然兀坐已忘年。
囊无半点还魂药,袖有长生不死钱。
举目宁知观万象,低头宛似顾三贤。
凝然不动忘饥者,养性充原体自坚。

龙池瀑布

谁把银缣挂壁湾,源流滚出枧喷潺。
冲岩色秀如珠沫,激石光空似玉溪。
斜拟霓腾缘日映,直惊钧舞为风删。
旱收涝晒人难服,织自天孙浣曲涧。

镇龙晓钟

谁建精兰镇一方,道心唯与地天当。
层层沃野回环绕,簇簇烟村咫尺旁。

前接通衢商贾乱,后连大道往来忙。
晨钟初动翰音佳,祝得皇图帝道昌。

元峰耸翠

远眺南巅秀气通,蠹然隐跃寓名公。
晨奔乞火忘灯亮,夜坐穷经理自融。
挺秀先占红日照,清标赚许白云笼。
藕丝不缚鹏程翅,第一文人第一穹。

——选自《两水孔王氏宗谱》

作者简介:陈良顺(1810—?),宁海双水人。

西门路廊

两水拱八景

陈子美

两孔出泉

凫溪钟毓想源泉,两孔成流伊古迁。
地脉悠悠来不尽,堤根滚滚去无边。
珠藏隐约明双浦,鹭浴浮沉戏并渊。
自是雅人清玩处,不须灵沼与名川。

石鹰栖巢

崔巍山势结巢奇,鹰隼楼来静不移。
钩爪横阿侵凤阁,剑翎拂岫偏鹏池。
云迷岛屿雄姿隐,电闪崖巅猛气滋。
人欲攀萝凌绝顶,钟山一鸟踞岩坻。

仙人大座

谁传羽化集仙坛,草榻花茵坐际安。
石上横肱云撩映,岩前抱膝鹿盘桓。
横枰约略烟霞古,履屐依稀风雪残。
试为登临探往迹,更于何处觅烧丹。

圣樟渡溺

樟木森森实向荣,临波渡溺一枝横。
盘根已作鼋鼍驭,驾叶奚愁鹡雏鸣。
林下清霜人迹浅,溪边半月马蹄轻。
此间原是登台路,赖有虹腰卧一泓。

狮象聚会

危峦耸峙列西东,狮象交垂眼界崇。
两嶂送青形自壮,一天拥翠势何雄。
爪牙并没迷离际,齿鼻齐昭仿佛中。
不必熊罴相对峙,也须神物耀晴空。

龙池瀑布

拭目龙池碧水流,潺湲瀑布影悠悠。
千层雪练悬鳌柱,万叠云绡幻蜃楼。
缥缈浑如霄汉际,苍茫疑是石梁头。
问谁织得天工锦,传许支机鲛女投。

石岩晓钟

石岩禅院茂林中,倾耳晨钟觉路通。
梵韵遥宣朝霁淡,金声徐出晓霞红。

星残始击猿啼月,漏尽频敲鹤舞风。
顽石垂头谁早点,白云深处响咚咚。

元峰高拱

元峰秀拱耸亭亭,高接云霄号福屏。
一幅画图当面碧,数枝文笔插天青。
岚飞几案朝霞散,翠锁楼台宿雨停。
回想当年西涧事,高风千古有馀声。

作者简介:陈子美,清代宁海两水拱人。

枧川八景

叶作新

枧川萦带

自昔名区羡枧川,川流一带绕村边。
波光泛绿凌琼阁,秀气浮清映玳筵。
利满千家资灌溉,源通九曲势盘旋。
地灵应得人多杰,挈伴赋诗渚汕前。

刀潭卫居

天生奇景为民居,潭似关刀何堪舆。
俨有刚锋能御侮,曾教英气聚村墟。
饮泉时讶飞泉挂,印月形同偃月如。
坐看荷菱盈水处,深深潜得化龙鱼。

狮岩缀顶

巉岩缀顶耸狮形,地势峥嵘地脉灵。
磊落漫疑身化女,巍奇宛有眼悬星。
怜他体样千般异,约伴登临几度经。
信是山川多旺相,峦头峻峭更玲珑。

犊石映溪

前溪妙有犊儿潭,犊石灵奇人共谈。
文角嶙峋村外立,花蹄仿佛涧边参。
饮池欲活随鱼跃,卧水如生带草含。
应说名都多好景,卖刀买到却堪堪。

毛畈怀古

毛畈毛家宅已芜,抚怀往昔几长吁。
井墩未改先民迹,击壤空留古屋模。
丞相声名传约略,陈龙变幻信虚无。
聊将轶事同登载,题入枧川永不孤。

甲墩隐神

村外甲墩接水滨,当年隐有大忠臣。
徒遗剑佩埋荒野,却有香烟奉后身。
梁代江山今已古,将军姓字旧还新。
至今枧下崇禋祀,像在神宫泽在人。

洋溪石笏

石笏随堤雍上流,洋溪浩瀚不须忧。
众疑文笔当冲压,地接星桥傍水投。

似月半弓横野岸,如山一角拥村头。
逍遥时看粼粼处,应说补天工化周。

山塔文峰

跃龙山塔耸山巅,耸有高峰高万千。
四面玲珑开百窍,一枝挺拔矗三天。
宛同文笔临川插,争似云梯特地悬。
闲倚楼头凭眺望,腾腾秀气霭村前。

——选自《枧川蒋氏宗谱》

作者简介:叶作新,清代宁海力洋人。

辛岭白龙潭

〇〇八 莘岭

莘岭位于宁海县中部，东南距县城三公里。西部有莘村岙，东部有著名之相见岭，故取名莘岭，亦简写成辛岭。辖区解放前属松溪乡，境内山岭连绵，峰峦重叠。地势北高南低，西南部为丘陵和溪积平地，主要溪流有二：一为干溪，发源于影潭西南麓，自北至南，经百亩洋、赵郎场、双水等村；一为辛村坑，源于癞头岩南麓，自北至南，经木杓丘、下洋朱等村。两溪分别注入大溪。

斑头岩

王子元

圆峦重叠不斑斓,万八钟灵到此间。
恰与元峰相对峙,莘山也有一名山。

作者简介:王子元,清代宁海辛王人。

罗冠积翠

王维堂

俱道罗冠色相空,知非人巧是天工。
如星点缀朝霞映,丫髻濚环螺黛蒙。
翠色浅深新沐后,岚光浓淡夕阳中。
遥瞻仿佛华山胜,岌岌巍巍万绿丛。

作者简介:王维堂,清代宁海辛王人。

陈监吊古

严春华

屋舍苍茫迹断送,赵家祠堂尚堪稽。
遗踪海变云横岭,旧迹陵迁雪印泥。
墟慨禾苗蝼蝈吠,址伤草蔓鹧鸪啼。
游人到此空凭吊,唯有斜阳照陇西。

作者简介:严春华,清代宁海黄坛人。

莘村七景

王 荃

七津·横岭锣声

堪舆经说喜锣声,侧立溪中毓秀英。
对面捍门凝翠黛,半山横岭听涛浤。
函胡恍似钟山石,嘹亮俨同弱水鸣。
烟火千家谁绝类,将来总有一冠缨。

木兰花·双峰挺秀

干霄挺矗,兄弟双峰鱼比目。秀拟仙蓬,绝顶腾空薄雾封。地名坑里,俗美风清人不鄙。从此升椒,携杖逍遥岭上超。

鹧鸪天·天然石床

传说大坑山异常,天然一石似银床。非雕非琢成佳器,长短方圆类肯堂。　　铺绿褥,竖云房,几时睡熟问黄粱。牧童驱犊横肱卧,高士醒时读晓章。

鹧鸪天·将军挥剑

夙仰将军山特穹,十分突怒十分雄。捍门远峙关防密,按剑逞骑气象冲。　　罗水口,凛威风,将台独自艳奇功。云笼五色随身换,雪拥三冬遍体丰。

步逍遥·叠石

天生叠石级级上,登高喜超旷,览胜绘殊状。上坦而方,下尖而坑,境幽兴悠扬。古今都到,仙蓬棋藏。

步逍遥·水洋竹泾

水洋岭畔曲曲袅,骚人乐静悄,牧竖快唱晓。竹茂猗猗,径幽渺渺,胜引兴自超。渔樵共羡,江山可表。

西江月·水洋竹泾

休道水洋没胜,但看竹茂松青。山高水远喜流澄,阒寂清音莫馨。　　岭上双峰竞秀,其中百卉芬馨。冯夷静直两争铭,卫什歌呼添兴。

鹊桥仙·岩门春晓

徊彼岩门,生自何代,俨似仙蓬胜在,几时关锁几时开,满岫春光覆载。　　偕我童冠,相与同队,极目崇椒晓态,睡山送去笑山回,户辟韶华迭配。

—— 选自《莘山王氏宗谱》

作者简介:王荃,清代宁海辛王人。

莘山七景

王 绅

莘村即景

桥度干溪水,路通横岭头。
青山围四面,绿水界中流。
烟火千家合,桑麻几处稠。
莘村岂莘野,乐道自悠悠。

天然石床

天然石为床,藏在山之岗。
不雕亦不琢,坦坦平而方。
云罗张四面,绿褥草芬芳。
牧童与樵叟,早晚叶宫商。
歌罢横肱卧,一枕清风凉。

仙人叠石

凭空叠奇石,叠起高百丈。
上大下尖小,叠叠层层摆。
有风吹不摇,有级莫能上。
石上人不见,但闻人语响。

石井怀古

将军山下有石井,石井天成深无底。
忆昔曾闻龙潜居,朝朝吐雾暮兴雨。

石井庙僧像

闻说民忧旱,僧投石井中。
披裟能鼓浪,洗钵化成龙。
不日甘霖需,至秋黍稷丰。
士民都感德,留像庙堂东。

上宫庙古枫

森森乔木远条扬,蔽日于霄护一乡。
勿剪会留为茇舍,枫林蔽芾拟甘棠。

钟楼山怀古

镇风堂前钟楼山,山上钟楼任往还。
年湮代远钟楼寂,遗址空传榛莽间。
云雾满山寻不得,唯留石级露斑斑。
登临惆怅前朝事,愁听山前溪水潺。

——选自《莘山王氏宗谱》

作者简介:王绅,清代宁海辛王人。

古道

莘山十景

王步曾

将军按剑

巍巍特出万山巅,宛似将军按剑然。
卓立天关占长子,高撑烟纛制中权。
威风凛凛岩门外,壁垒重重石佛前。
永镇一方严锁钥,寒芒直透斗牛边。

龙湫悬瀑

危崖壁立近云端,上有龙湫涌急湍。
一线飞波拖作练,千寻喷瀑染成纨。
劈开玉匣青钢跃,吐出冰丝白帝蟠。
漫道石梁夸绝景,水洋谷口庆安澜。

双尖挺秀

水洋岭外弟兄峰,高插云霄一二重。
玉笋连株分犄角,金枝并蒂秀芙蓉。
联芳好似雁行友,竞爽应夸鹄立容。
想似莘山灵气聚,双尖预兆紫泥封。

笔架参天

不比凡峰一一分,排成笔架显人文。
占星上庆三台座,垂露时呈五色云。
鼎足形齐连碧落,管城秀挺挹清氛。
如椽并有凌霄气,阵势纵横扫万军。

峨冠积翠

谁制峨冠色相空,知非人巧是天工。
如星点点朝霞映,丫髻弯弯螺黛蒙。
翠色浅深新沐后,岚光浓淡夕阳中。
遥瞻仿佛华山体,岌岌巍巍烟万丛。

黄獠远眺

黄獠无际出云隈,一上其巅眼界开。
万里江山排远近,九天星斗共徘徊。
登高作赋推能事,触景兴怀悼古来。
漫羡华峰高万丈,红岩顶上胜天台。

岩门春晓

春来无处不晴明,唯有岩门晓更清。
宿雨连朝崖瀑壮,东风解冻洞云横。

仙桃着露沿溪发,山鸟临晨匝树鸣。
最是可人胜赏处,两边苍翠画能成。

石床息倦

黄獠山下即沙桥,万壑千林胜景超。
石展为床天特设,床唯是石世难雕。
闲时抱膝看云起,倦后横肱听鸟叫。
何时水晶夸八尺,醉眠不觉在层霄。

象鼻回澜

十里狂澜静且宁,峰回路转自娉婷。
清溪曲曲之玄字,横岭弯弯象鼻形。
漫向流中夸砥柱,斜从涯畔作围屏。
不须更羡黄牛渚,双管齐钩万派渟。

龙头观榜

龙头飞舞自巍巍,金榜高悬多士晞。
杏苑花开红及第,柳堤春暖绿侵衣。
鳌峰得步风云会,雁塔初题姓字辉。
却羡凤麟当面展,青衫换去紫绯归。

——选自《莘村王氏宗谱》

作者简介:王步曾,清代宁海莘山人。

莘山十二景

夏 寅

砂桥两渡

上下岗陵桥迹陈,由来跋履莫逡巡。
地成天造双虹架,石聚砂凝两渡因。
夹岸迷漫惊晚眘,沿堤滑泽历阳春。
山梁奇峡通佳气,延庇人文辅太平。

高岗望海

中有槃阿顶接天,天涯光景足流连。
波涛远眺迷空际,岛屿高瞻列渚边。
船影纷纭蝴蝶杳,浪容涌汹沸汤煎。
春晴挈伴闲登赏,沉醉东风旭日巅。

笔架三峰

三峰翠耸白云边,倚笔相看翰墨鲜。
捉影萝挼谁作架,生花瘏学强成联。
争栖鹰鹗频偷眼,奋骤蛟龙竞吐涎。
春暖秋凉风汲浪,经生岳老对峦前。

碧岩崆翠

远上高巅眼界宽,徘徊玩耍出层峦。
春深雾霭天光碧,秋朗风轻日色丹。
瑞草敷根枝干邃,幽花喷蕊叶茎珊。
巉岩耸翠藏还显,掩映苍苔屈曲盘。

石榻仙趣

不须筅簟足盘旋,冷冷清清枕石眠。
白昼空归天际去,黄昏谁识榻中迁。
云霞影作罗纹帐,竹树阴成锦绣毡。
仙子于今曾几宿,芳踪千古令人传。

空樟挺覆

千枝万叶绿成森,全体虚灵君子心。
傲雪凌霜容不改,栉风沐雨气常沉。
夏炎蔽日防伤暑,冬冷摩空遣伏阴。
多少人家相倚仗,得沾笃祜免灾侵。

金鸡斗喙

形成五德想天工,一只西兮一只东。
饮露餐霞忘日夜,攒冠摇尾傲霜风。

遍身翎羽随春长,满目威昂触处融。
信义兼全逞武勇,千秋谁复辨雌雄。

孤松浴泗

行吟潭畔一松葱,生长幽崖曲水中。
春暖不争桃李艳,风寒唯与竹梅丛。
光明泗岸常培杏,冷落吴江雅植枫。
欲仿名贤沾化雨,坚心独洗拂高风。

环桥架锁

涧泉分派合溪流,雨急东西面面愁。
窄狭难容桴艇渡,往来却待浪涛收。
星居篱落资关锁,棋布村庄借息休。
为架环桥通大道,管教利乐及千秋。

屏岚挂榜

东南岚挂一屏明,细按缘来金榜呈。
林木芳菲皆列障,岩花绮丽总标名。
莘山尽数奚庸举,玉尺抡才信足行。
鸟兽纷争龙虎日,问渠谁解个中情!

石洞藏龙

山溪石涧出回环,汩没穿冲绕洞湾。
野老相传龙宿穴,渔翁乍骇鳄盘山。
渊深不比凡鳞跃,突兀应推神物攀。
伫听春雷惊巨壑,翻身翔舞入云间。

金狗防流

依山傍岭纵横奔,细派朝宗望际存。
大块无私同造化,冯夷有意令哗喧。
沿溪蓬户常防午,绕涧柴扉欲守昏。
不必桃源随洞吠,无声家豹有何论!

—— 选自《莘村夏氏宗谱》

作者简介:夏寅,清代宁海莘山夏家人。

山水小景

塘尾巴六景

方折圭

松竹环峦

势耸岗峦曲且弯，竹梢松干几回环。
岚光霭霭烟迷态，翠色森森雨洗颜。
荫接樵踪通古径，凉迎山客寄高山。
仰观叠嶂真如画，挂笏图容雅欲攀。

池塘垂钓

渔翁托叶几生涯，伫立池塘钓亦垂。
鸥浴鹭飞千顷浪，簑堆网晒万重陂。
扣弦唱晚声相和，归艇斜阳伴有谁。
吕尚得璜徽未远，磻溪名相共称奇。

豫樟云翠

忽见豫樟起奔群，荫浓树外锁微云。
新枝带雨曾含润，老干因风几阵纷。
苍翠参天霏缥缈，囷轮蔽日拟氤氲。
茂林此地谁人植，梓里相传处处闻。

柿林珠红

山林柿树昔扶苏,映日红垂恍似珠。
叶绿原非堤外柳,花明不是湿中榆。
珠红的砾悬千果,玉树玲珑拾几株。
郑氏肄书传轶事,携来古寺墨初濡。

古井泉香

古井端倪自静藏,潆流昼夜水无方。
汲来玉槛迎波润,酿去金瓶浪涌香。
水面偶时舒潋滟,源清积久引芬芳。
龙苏公洗后除旧,几仞疏通泉脉长。

岩潭波绿

闲看景色竟如何,水漾岩潭漠漠多。
浪涌连峰红展涨,源流隔岸绿横波。
帆悬风正归孤艇,黛色染雨点翠螺。
作赋临流人宛在,胡为不见曲终歌。

——选自《塘尾巴金氏宗谱》

作者简介:方折圭,清代宁海方家人。

郊游

云台山记

华 骧

云台，村左之名山也，突兀峥嵘，发脉于台山，钟灵于本邑。或曰，谓其多出岫之云，曰云台，或曰晕山也。山高而水深，白龙之所托居。

昔余年弱冠，与客游之。由曲径行二里余，至八亩洋村，复行数十步，见夫丛林翠色，巨涧清泉，可以游目而骋怀者，云台之谷口也。形如虎踞，势若凤飞者，谷口之两山也。进一境更得一景，山之奇形怪状，有如蜈蚣然，如蛟龙然，千像万肖，不遑指顾之间。百鸟飞鸣而上下，一若人得山林之乐，鸟亦因人乐而乐也。客谓余曰：今人之游何异仙人游玄圃、晋人游桃源乎？余答曰：胜不止此。于是复前行，见夫白石粼粼，清流汩汩，耳不辍闻，目不停视，云台之岗，丛草错薪，仰之弥高。又有水声潺潺，危崖千尺，峻壁数寻，飞流瀑布，如银河之落九天，不唯客不能登，划然长啸，余亦不能效苏子之游赤壁，摄衣而上，履巉岩，披蒙茸，临绝壑，陟高峰，踞虎豹之危岩，俯蛟龙之幽宫。乃与客徘徊谷底，睥睨池边。池之有钟形，有桶形，有油缸形者，围池之石滑，积池之水清，一行排列，有若天造地设，几许深杳，无从杖深而尺较。已而注视一大池边之石壁，对人者有大字迹，障以岩苔，模糊不知其何字。相传古有邑侯求雨无效而投印于此，忽有龙爪赍印而上，雨乃霈然，即此池也。旁有神座，龙神居之。余仍与客揖龙神，走虎步。

夕阳欲垂，晚霞如飞，一若陡出云台送归游子。余欣然问客曰：今日之游乐乎？客应曰：今观一山之景如览五湖之胜，何云台之绝境，而不使吾与汝早游之？余答曰：云台发脉于台山，即谓之天台山可也，钟灵于本邑，亦本邑之名山也，子而知之早，亦可约余游之早，何子不自知，而将余怪也？

作者简介：华骧，字尔骏，清代宁海白龙潭人。

黄坛民居

〇〇九 松坛

松坛，原属连理乡，现属黄坛镇，距城区约五公里。历为台甬、台绍故道交汇通衢，如今沿海高速公路和省道甬临线穿境而过。古时，该地多松树，故称松坛。据《松坛杨氏宗谱》记载，唐刑部尚书杨荣、都知兵马使杨伴兄弟俩于后周显德三年（956）由永嘉迁松坛。又据当地《严氏宗谱》记载，宋至道二年（996）严忽鲁自湖广黄州府黄梅县徙居宁海城西廿八都，赘于松坛董氏，为纪念故土黄梅县，称住宅一带为黄坛。后严氏人口繁衍，成为大族，故"黄坛"一名兴起，"松坛"逐渐被替代。此地《徐霞客游记》中虽然未见记载，但却是徐霞客到天台去的必经之地。宁台古道从中逶迤而过，主要古迹有德星桥、黄坛街、慈云寺、茅山殿、面溪楼、白沙岭、石马塘、杨镇龙故居、黄公桥等。黄坛的大型院落多建于清中晚期，座座四合院均有精致的木、石、砖三雕装饰，可谓集"三雕"精品于一院，其中以厚诒堂、益善堂、克绍堂等为代表。黄坛杨家是元初农民起义领袖杨镇龙的故乡。元至元二十六年（1289）二月，起义队伍由宁海向西进发，经天台至东阳县玉山时已聚众十二万。即以玉山为根据地建国，定国号为大兴。元统治者调兵镇压，为保存实力，杨镇龙回至宁海，十万元兵围剿松坛，纵火烧杀，杨氏宗人四散逃亡。杨镇龙兵败后，隐匿深山，后卒于牖下，葬于宁海鲍公岙印山。今有杨镇龙文化园。

慈云院

罗 适

七十有余岁,不曾游此山。
因寻白云路,深入翠微间。
晓涧烟霞合,春岩草木斑。
谁灰心地火,占取一生闲。

晚入慈云寺

叶天机

烟光飞处是慈云,乘兴行来乐有群。
曲径草衰来往迹,幽崖梅早有无薰。
沉沉山色归鸦噪,谡谡松风晚磬闻。
步到山门瞻竹影,僧持香钵两行分。

作者简介:叶天机,清代宁海岔路人。

面溪楼

严　纶

祠前肃拜后,时凭此高楼。
东注声长在,南来远脉留。
一清怀富水,万绿绕先畴。
欲作元龙卧,胸须贮汗牛。

作者简介:严纶,清代宁海洪头严人。

松溪古枫

严绍堂

桅高千尺插溪枫,绳引苍藤欲上蓬。
蚌月东撑悬海镜,鹏云南挂响天风。
蟠根仙李为前辈,纪岁灵椿是祖翁。
绕有癯人胎息在,不教香托鸟都中。

作者简介:严绍堂,清代宁海洪头严人。

题东山书堂

朱锦章

晴峰历历衬斜阳,人住山乡胜水乡。
最爱松窗尘不到,翠屏环抱挹岚光。

作者简介:朱锦章,清代宁海人。

西山即景

齐召南

山括西湖景,天开特地奇。
层轩殊户牖,八洞别桥池。
径曲云应住,花繁蝶亦迷。
标题名实称,到处可吟诗。

作者简介:齐召南(1703—1768),字次风,号琼台,晚号息园,天台人。雍正十一年(1733),举博学鸿词,召南以副榜贡生被荐。历任庶吉士,散馆授检讨。乾隆十三年,皇帝复试翰詹各官,以召南列首,擢内阁学士,命上书房行走。迁礼部侍郎。

至张家山俚言一律

徐对月

峰峦檐接映斜曦，人杰地灵信两宜。
庭竹根盘抽玉笋，门槐干老发金枝。
朋俦到此觇青眼，戚属来时灸紫眉。
莫道山居多坤老，他年封诰出丹墀。
——选自《麻氏宗谱》

作者简介：徐对月，明代宁海西溪人。

经族叔故居

杨　熙

昔人曾卜古幽居，凭吊还于此驻车。
篱落豆花人去后，衡茅桑叶雨晴初。
荒基有券知谁主，野鸟无情只自如。
唯有当年苔藓在，长随烟雨上阶除。

作者简介：杨熙，字仲和，自号临海野人，亭旁（今属三门县）杨家人，杨镇龙堂侄。

里塘竹枝词

王子涵

章氏先公到里塘,好山好水好地方。
送清滴翠天然趣,乐为安居琼克昌。

目前清景自相关,稠密人烟烟锁山。
不管劳人常草草,请看桑者自闲闲。

寒日朝升到草堂,老人曝背竹方床。
黄绵袄子温凝体,休羡轻裘有鹔鹴。

虽然市远无兼味,山有笋根水有鱼。
好酒可杯书可读,潜修斗室隐真儒。

作者简介:王子涵,清代宁海人,生平不详。

平 岩

邬元会

岞客山旁一坦岩,平如席地色拖蓝。
岨峿石里清声奏,漳滏潭边瑞色含。
际道纵横留客驻,偏方驳骇拥君酣。
崔嵬虎踞千秋远,柱轴龙溪万古参。

作者简介:邬元会,清代宁海璜溪口人。

平 岩

徐廷煌

盘纠磴道一平岩,色照苍崖点浅蓝。
花散硐磴红雾卷,树环碑矾彩岚含。
昂藏尺木形如跃,掩映云仪望欲酣。
幸得先人遗迹在,长留硗碥古今参。

作者简介:徐廷煌(1722—1773),字启典,号平岩。宁海西溪徐家人。

平 岩

徐之富

天然结构坦然岩,木古荫翳色带蓝。
翠帻斜遮云外插,石屏倒影水中含。
驻骖遐客留长坐,携酒高朋喜共酣。
卜筑一庐居住此,晦明经史可闲参。

作者简介:徐之富(1731—1800),字美卿。宁海西溪徐家人。

平 岩

徐廷焕

始祖迁居择处奇,天成砺石作根基。
白岩声照文峰拱,绿水环流玉带维。
素志拟同高士趣,醇风堪续偃王仪。
西溪聚族于兹起,世泽维新万古宜。

作者简介:徐廷焕(1731—1815),字成章,号景山,宁海西溪徐家人。

平岩偶咏

杨宝辉

前人素志近林泉,卜处平岩岂偶然。
流水高山千古调,淡烟疏雨一生缘。
花间策杖幽怀适,竹外停骖俗虑捐。
聚族西溪绵世泽,独留故址忆当年。

作者简介:杨宝辉,宁海松坛人。

松坛八景

严原煜

松坛夜月

四面起峰峦,好山何崒嵂。
夜月照其间,光景尤突兀。
秀出唯青松,虬枝殊发越。
开窗欣挹翠,寒涛响天阙。

西山暮霭

暝色从西来，倏忽变明晦。
栖禽恋余晖，飞鸣一而再。
胡不奋双翮，直上冲叆叇。
所当宴息时，还与圣贤对。

溪楼春晓

峥嵘唯古楼，远穷千里目。
三春云气蒸，溢然迷石竹。
须臾天地开，万象出梳沐。
披阁观老农，叱叱驱黄犊。

藻池观鱼

户外小方池，澄明写襟抱。
可留千里春，河海始行潦。
鼓鬣向天门，一拳比兹鸟。
汩汩响泉源，临羡别有道。

松溪梵钟

孤烟出平林，禅关掩清昼。
俗客罕经过，溪流自环透。

疏杵时一鸣,深省发座右。
奚必五更闻,始是清心候。

凤山朝晖

蹑屐凤山头,昂霄复耸壑。
晓日乍升东,扬辉何灼灼。
白云成丹霞,金彩射丛薄。
绚烂助九苞,缅想卷阿作。

蛟峰夕照

嵯峨一古峰,宛与蛟形似。
额尾相连蜷,斜阳照欲紫。
光芒连地浮,林端霞复绮。
北方有烛龙,奇观亦尔尔。

古枫凌云

老干疏千寻,培植自前古。
苍苍欲撑云,群木谁与伍。
烧空在九秋,迎风绛叶舞。
船地此巨桅,题诗戒斤斧。

作者简介:严原煜(1776—?),清代宁海黄坛台门人。

黄坛古宅

松坛八景

方　珪

清潭钓月

把钓归何处,清潭皓月圆。
钩随银兔动,纶向玉蟾牵。
波静鳞犹现,辉流饵亦鲜。
几忘良夜永,美景此开先。

塔峰晓日

推窗供晓望,雁塔挂铜钲。
远映岚光散,高标曙景明。
金乌升碧嶂,玉烛耀丹楹。
应是蓬莱近,常看五色生。

陶村晚风

陶村添晚趣,习习爱风姨。
隔岸传樵唱,长堤漾柳丝。
不须嫌料峭,却欲辨雄雌。
乘兴偕童冠,临风一咏之。

金屏夕照

山列罘罳势,明宜返照中。
清光回绣壁,紫气逼晴空。
树脚斜阳转,峦头夕翠通。
天工余欲问,谁设此屏风?

神岩牧笛

牧笛来何处?神岩一带间。
有情谐律吕,托兴向溪山。
犊背腔长短,风前韵往还。
自成千古调,过客亦怡颜。

帽山晚眺

晚步帽山上,闲观兴自豪。
村烟围北宅,落照射东皋。
牧子横残笛,松林卷夕涛。
往还时纵目,不待万重高。

沙堤积雪

沙堤何所积,瑞雪纷飞尔。
冷艳缀兰皋,寒光侵玉垒。

凌风带雨铺,欲碎因风起。
为颂谢连赋,烹茶陶潋水。

洪湍清流

何处清流美,洪湍连理乡。
接天形共似,鉴物影相方。
弱柳萦波润,游鱼逐队行。
安澜洵足羡,从此庆流长。

作者简介:方珪,清代宁海人。

黄坛正月十四闹元宵

斑竹园八景

胡遵修

凤山春晓

星稀月落淡清晨,帘卷凤山晓色新。
细柳丝垂烟练重,浓花香湿露珠匀。
莺声骤集红楼晓,蝶梦尚萦紫陌春。
直待东林朝日上,出门多是踏青人。

雪溪观鱼

雪溪野岸点春华,喜看游鱼上水涯。
共唼芹香排柳市,争春蘋末乱桃衙。
波翻银尾参差出,浪逐金鳞次第斜。
为问临流相羡否?尺书欲到客情赊。

深渡闻莺

春回深渡喜新晴,多少黄鹂入村鸣。
向日穿花千百啭,冲烟拂柳两三声。
枝头巧弄桓伊笛,叶下娇吹子晋笙。
只恐楼头深着恨,辽西欲到梦难成。

天门插云

天门高耸映楼台,斜插云峰叠座来。
突兀形如鳌背迥,氤氲势若画图开。
分披岩畔龙鳞结,拖入松梢鹤翅回。
每向村中呈瑞色,游人错认是蓬莱。

水帘荷花

瀑水垂帘纳晚凉,好风细拂好文章。
徐吹绿盖枝枝秀,轻透红衣冉冉香。
浪涌千层飞白练,波翻万叠起笙簧。
亭亭独向栏杆倚,高唱莲歌引兴长。

仙岩西照

何来仙子寄孤踪,谪降三清住碧峰。
玉槛余光临稚度,金乌薄影点芳容。
须眉斜拂残阳暖,衣履轻沾返照浓。
肯许从游能换骨,石梁桥畔听吟龙。

镇兴晓钟

香烟雾霭锁朱楹,数点晨钟晓气清。
响彻连台诸品静,声闻禅室万缘轻。

遗音断续随风远,逸韵悠扬带月明。
佛阁悬灯光未灭,昙花枝上犹啼莺。

飞石残雪

溜滴飞岩戒晓寒,琼楼十二半消残。
光融柳絮痕将尽,冷湿梅花迹未干。
山际多途银错落,墙阴几见玉斓斑。
横窗一望催吟兴,胜绝骑驴灞上看。

作者简介:胡遵修,清代宁海城东人。

岭南古道

〇一〇 岭南

    岭南即岵岫岭南部地方，属前童镇。岵岫岭位于宁海西部，属于梁皇山脉，即黄坛的岭峰村与前童的响亭山交界山。岵岫岭乃宁海出西的一道天然屏障，自古就是交通要道。岵岫岭的"岵岫晚霞"是前童著名的八景之一，始于何时已无从考证，从明代以来就有许多诗文描写岵岫岭的八景之美。

岵岫晚霞

侯 臣

大化何年孕磅礴,陵迁谷改犹如昨。
积雨时收暮霭分,五彩重辉胜丹渥。

华堂此日宾筵开,瞳瞳瑞气迎门来。
但得主人眉寿永,年年共羡流霞杯。

作者简介:侯臣,字牧庵,明代临海人,由进士官至河南布政使。岵岫岭在前童村北的梁皇山麓。

岵岫晚霞

周士廉

岫岭峤峣耸翠微,彩霞一带列斜晖。
皇华驿路披明锦,肯逐天边孤鹜飞。

作者简介:周士廉,字古矜,清代石林人。候选州同。

登待月楼怀古

康一莲

今日重登待月楼,楼中不见主人留。
当年只有天边月,依旧更深上海洲。

作者简介:康一莲,清代人,爵里不详。

待月楼怀古

丹陵氏

孰非皓月共当头,待月楼高独自幽。
未识当年箫管奏,蟾光朗砌定优游。

灵津玉兔出迟迟,兀坐琼楼着意期。
一镜初悬光皎洁,添来逸兴诵名诗。

不见高楼不见人,悠悠胜事亦谁亲。
只因朗照如斯在,抚景遥思妙入神。

作者简介:丹陵氏,生平不详,可能是岭南陈氏某人的字号。

岭南村宗祠古戏台

爱日楼

丹陵氏

楼名爱日爱何真,爱日无非爱我亲。
荏苒光阴如可住,斑衣舞彩乐长春。

宜乐堂

丹陵氏

名教从来乐地多,胡闻入室竟操戈。
试登咫尺舒和处,琴瑟埙篪互叶歌。

迎阳楼

丹陵氏

春至韶华满眼来,阳和清丽入层台。
开轩欲把金乌住,最爱余晖到紫梅。

可畏曾传夏日严,高楼应自避头衔。
寸心不敢奇峰障,况有熏风绕镜函。

一片清光秋日悬,晶莹更爱溢楼前。
平原都是澄明际,舞鹤飞鸿骋望妍。

层楼粟列在严冬,唯意南檐旭照逢。
快拟黄绵多着体,还期驹隙缓留踪。

——选自《岭南陈氏宗谱》

岭南八景

陈成环

古岫栖霞

古岫标奇秀,余霞点缀妍。
岩头明夕照,谷口和朝烟。
宛似桃花发,还宜紫气连。
天台疑在是,好对赤城仙。

双溪鸣泉

是何声叠至,屯外响鸣流。
激石皆成韵,翻涛共作秋。
飞音迷左右,鼓浪鲜沉浮。
即此安澜庆,名川岂遍求。

梁皇隐迹

不道乘风来,移情亦在岩。
云根归圣迹,凤阙谢朝衫。
虎豹潜踪远,烟霞结伴严。
思恩冠冕日,定自判仙凡。

遥岑吐月

待月黄昏后,遥岑隔万重。
蟾光腾碧汉,尘尾露层峰。
似镜当头望,如屏对面逢。
高寒疑咫尺,晚卧乐携筇。

晓寺闻钟

晓起屯边住,钟声远远闻。
深山传缥缈,古寺送纷纭。
学士诵诗早,良农荷锄勤。
晨钟兼暮鼓,佛力自超群。

龟山胜迹

古有龟蒙胜,如今亦号山。
依稀屯北峙,突兀岭南弯。
湿翠呈形变,巉岩作甲环。
天成并地设,异迹豁尘颜。

松涛迭韵

百尺松林茂,翻风韵似涛。
砰铿盈宅舍,络绎绕山坳。

澜动金波壮,声飞玉宇高。
盘桓添逸兴,抚景皆思陶。

樵歌晚唱

缥缈斜阳照,樵夫负荷过。
争夸尘世乐,忽听晚来歌。
曲未伶工制,声偏唱和多。
息荷高枕卧,梦只绕青螺。

作者简介:陈成环(1805—1881),宁海岭南人。

岭南路廊

岭南八景

陈成珍

古岫栖霞

古岫高标入望赊,蔚然空洞宿余霞。
半峰巧髻簪红萼,十里行人护绛纱。
谷口辉笼朝日丽,岭头彩绚夕阳斜。
浑疑气接函关久,染出山屯百卉花。

双溪鸣泉

岭下泉从岭上生,延屯夹抱响飞鸣。
流长地界双溪古,水曲湍分两道清。
傍岸悠扬声激荡,当风洒落韵琮琤。
无弦如听瑶琴展,胜地名川足系情。

梁皇隐迹

（梁宣帝隐居处）

曾传警跸入岩扉,石上莓苔染帝衣。
到处采芝攀古蹬,有时汲谷趁斜晖。
但将丘壑耽三径,不顾銮舆乘六飞。
今日登临怀古意,潜虬遗迹想依稀。

遥岑吐月

月上遥岑夜欲更,纤云不动倍晶莹。
团团离海金波净,皎皎当峰玉宇清。
光映千枝排岫细,影流一片到窗明。
游园赋客同相习,好句争看锦绣成。

晓寺闻钟

丰山钟发待霜逢,何处闻来有梵钟。
缥缈嘈呔催晓梦,依稀堂答隔层峰。
听残古寺将恭偈,唤醒群聋亦动容。
况复农桑勤作息,惊眠应不向秋冬。

龟山胜迹

龟山览胜色青青,环抱方隅喜作屏。
位定坎居常出水,质呈离象或生冥。
千秋俨别神灵寿,万仞如今俯仰形。
应与东蒙相唱和,而今翘首忆葩经。

松涛迭韵

种得松林鼓晚风,此身如入曲江中。
未觇云影纷铺地,忽听涛声寒在空。

响杂疏桐鸣舍北,韵流修竹绕窗东。
缘知不羡繁弦奏,一派清音耳倍聪。

樵歌晚唱

生涯尘世竟优游,试听樵歌得自由。
长遂青峰歌妙曲,一腔白雪迭新喉。
讴喧竹径风传籁,响入云林鸟助幽。
休说烂柯人去久,晚烟斜日韵悠悠。

——选自《梁皇西山陈氏宗谱》

作者简介:陈成珍(1801—1856),宁海岭南人。

梁皇古客栈

〇二 梁皇

梁皇山,在宁海县城西11.4千米,前童古镇北部边境,属于南干山。西接大门山,东连岵岫岭、封山,南为大红山。东北与黄坛镇毗连。主峰海拔768米,山势险峻,峰奇石异,谷深涧幽,飞瀑流泉,满目扑绿,风景旖旎,美不胜收。古今众多文人墨客曾在此留下诗篇和足迹。梁皇山原名梁王山、桐柏山。梁太清(547—549)末侯景作乱,陈霸先兵起,有王子避于此地,故名梁王山,后改梁皇山、梁皇山。山上有梁皇簪、梁皇寺、拜经台、蛤蟆石等景点,近被开发为宁海的一大旅游胜地。《徐霞客游记》开篇中有"……三十里,至梁皇山,闻此地於菟夹道,月伤数十人,遂止宿"句。现有"梁皇寺"、"梁皇溪"、"梁皇街"等相关地名。梁皇街为古时浙东最早的官道,为浙东驿道的必经之地,"上通台、温、闽、粤,下达甬、杭、申、京"。街上设有驿站、公馆、营塘、铺站、赵爷殿、千秋稳镇桥等,现存有徐霞客当年住过的古驿馆等。梁皇街东南两公里为前童古镇,古典民居、小桥流水引人入胜。

过远桥

罗 适

长忆西桥避暑时,天风六月袭人肌。
水随地脉来无尽,云过山头去不知。
拂面稚松应偃盖,当年游子已庞眉。
凭师莫动溪边石,留与东归题好诗。

梁山鹤唳

陈 瑊

奕奕奇峰与天接,老鹤危巢傍雪结。
月白风清天宇宽,嘹亮一声天欲裂。

昨宵飞上仙人台,衔芝领得老龟来。
为报东皇锡君寿,天上碧桃花正开。

作者简介:陈瑊,字慎独,号用机,临海人,由进士官参政。

梁山鹤唳

胡宗圣

萧王胜迹寄梁山,法物俱湮鹤梦闲。
夜半戛然频欲唳,老僧长倚护松关。

作者简介:胡宗圣,清代宁海人。

梁山鹤唳

周士廉

奕奕梁山老鹤栖,戛然长唳海天西。
梦回道士蹁跹去,万仞峰头振羽衣。

拜经台

童授钥

千尺岩门一径开,摄衣直上拜经台。
倏然物外非凡界,此景人间见几回。

作者简介:童授钥(1704—1790),字北莱,号淡轩,又号日斯,宁海塔山前童人。乾隆庚寅岁贡生,著有《四书讲章》《四书类典》《日斯斋尊闻录》等。

侣云庵

童授钥

小小招提结碧岑,四周峭壁白云深。
人来此地尘襟豁,一任高眠听语禽。

宁海竹枝词

王梦赉

梁王有寺旧参禅,武帝贤儿此结缘。
国事已非衣钵在,昙花一现几多年。

梁皇山

次韵胡少瀹题梁王山蟠松诗

刘 俣

长松上扫日月宫,昂霄耸壑材甚雄。
不肯甘心卧云巘,有时见梦十八公。
汗颜血指,那知大匠自有体;斩伐丁丁,朝夕聒人幽耳聋。
岂如吾乡华顶一峰八万四千丈,下蟠夭夭矫矫奇奇怪怪之苍松。
樛枝半压鲁隐九年之大雪,雅韵曾和虞氏五弦之薰风。
八千灵椿三千桃实几番见,何况篱下黄菊江头赤叶枫。
萧梁劫火烧不死,坐阅五季鹿走天下人亡弓。
世人欲识吾家所扰真龙种,请看春雷发蛰雾瀚霈云从。
礧砢蹙缩轮囷拥肿可挫不可辱,坚刚正独盘薄偃蹇受命不受封。
无用之用不器之器振古成自晚,天台道人何苦汲汲图像寄涪翁。
搜肠镂肾状出怪松赞,反言挺而茂者肥瘠贵得中,
吁嗟九原相如不可作,飘飘词赋谁摩穹。
阆风逸民自愧才力薄,北斗以南唯有四朝之老农。

作者简介:刘俣(1152—1215),字允叔,旧名次皋,号雪堂,晚年又号阆风居士,宁海三都礼村(今属西店镇)人。嘉定元年(1208)以特奏名中举,仕湖北黄陂县主簿,有政绩。当时正值国家动荡之际,外有金、元压境,时有鲸吞之心;内则权臣当道,刘俣目睹现状,遂弃官返里,隐居在家乡的阆风山上。后人将其遗著收集编成《黄陂集》若干卷。

梁王山

庄大成

梁王山高压沧海,梁王已去云山在。
白石寒泉古复今,青薇如荠无人采。

作者简介:庄大成,爵里不详。

题梁皇寺清辩大师房

吴 说

云收雾落天围净,乞与游人眼界宽。
独恨不当新雪霁,月明来此倚栏干。

作者简介:吴说,生卒年不详,字傅朋,号练塘,居钱塘之紫溪,人称吴紫溪。宋代书家。宋高宗绍兴十四年(1144),除尚书郎,官知信州,绍兴间为尚书郎。其书楷、行、草及榜书均佳,小楷有"宋时第一"之称。

梁皇溪桥

梁源蟠松亭记

王 澡

古有挺特负材、离群独立、傀然而傲世者,予得而闻矣。今乃瘠寐之莫能仿佛,则于梁源之松知敬爱焉。梁源于宁海为会山由邑右趋,三置而近其岙。或得遗剑器者,相传萧梁宣帝者所避地,山由以名也。其峭然秀拔为锦绣峰,下为精庐,创唐武德岁。旁夹径连抱者万松,此其一也。于径以达岙,皆为胜览,而是松其尤焉。去松数步为驿道,鞭毂趋竞,日相挨摩。有闻山之高而弗克穷者,唯近则于松无不即焉。既必允以为极瑰诡之观,问其得,莫适与予。会令君桐庐方公,始度其旁为亭,提提桷榱,左右以翼顾。乡先学,皆宦游麋居也,属予记之。辞弗获,得以名问焉,则命松以蟠,亭则松名也,予辗然曰:"此予夙焉求得乎松而不能者,又奚为言?"

夫曲直木性也,唯松则不以产植滋养之异,莫不绝莽苍,参青冥,是顾以蟠取之。然曲者,折而不剡其直;伏者,踞而不夺其操;低回寻仞,兀砰未降,云披水汇,倏互亩陌,扶舆矫折,纤末具态,皆将远举横骛乎无际畔也。视夫铮焉竞立、闯焉相高者,不已末乎?闻之古曰:龙未之升为蟠,取形若义,斯得兼矣。苟徒曰:蜿蜒其资而不戾乎近观,容与其材而远达乎世用,有励志操者将夷而艾之,而蹈拜之,亭何有哉?唯斯宁邑,三薄鸿浸,西北紫翠,万马相奔。则山之原剡,历天台来者,盖至此则昂顾屹若,遏不进,伏为夷壤。冈峦蒙茸缭如,掩抱回溪沄沄,万折乃东略,其势宅而深,气雄而廓,斯松是钟,而岂徒哉?唯天之和,唯地之英,山川炳灵,物盈其间,各有得焉。唯萃其美者,则必抗焉自异,而天地山川之相为无穷者,其发越则未始既也。使是松得独当奇,则予惧焉。孰从是而得大观者,风云月露不足尚也。他时雷电晦冥,有抱膝讽吟,踞坐而扪虱,相与问松斯亭者,毋诘其所从来,姑以斯名予语。访焉,将有异闻,不可不以告也。

公名茂烈,字仲勋,由学省擢高第,综理渊通,贤令君也。事无小,必勇以集,大者将。第举是亭,非以夸也。力其事者,山之僧法雨云。

作者简介:王澡(1166—?),初名津,字子知。又字身甫,号瓦全。宁海槐里王人。绍熙元年(1190)进士。嘉定十二年(1219),监都进奏院。嘉定十三年(1220),任国子博士。著有《瓦全集》。

后梁宣帝祠碑

王 艺

余宦游宁川，宁川域广，山连括苍，水通闽中，得无名山大川、神灵圣迹者乎？询诸父老，则龙湫有九，独王溪刊石备陈本末，次及梁王詧祠。凡至亢旱，天不我雨。邑令率其民吏，躬祭祠下，诚心祈祷，未尝不应时雨降。神之灵、神之圣，可谓至矣。稽诸祀典，桐柏之山龙潭三所，略而不详，俚传无据。

求之史籍，梁昭明太子有子五人，曰欢，曰誉，曰詧，曰譬，曰鉴，帝乃昭明第三子也。昭明薨，梁武帝欲立欢为太子，以国难未平，不可以传少主，乃封昭明诸子，悉以为王，图慰其心。詧遂进位岳阳王，为会稽太守。詧以兄弟不得嗣，居常不平，又以梁武朝多秕政，有败亡之渐，乃蓄积宝货，招致宾客，归附者数千人。大同中，除雍州刺史。梁元帝调兵于汀州刺史河东王誉，张织构誉与詧于元帝，誉恶张织之谮而拒命。元帝遣世子方等、王僧辩、杜幼安讨誉，誉军败，克湘州斩誉。詧闻而大怒，举兵伐江宁，藩于西魏，魏因以封之，是为梁王。詧会魏军于襄阳，拔广平，斩杜岳岸等，并其母妻子女尽诛，诸杜宗族幼弱皆下蚕室，发其坟墓，烧其骸骨，灰而扬之，并以为漆碗，盖复克誉之仇。及建业平，杜崱兄弟发安宁陵焚之，以报漆碗之酷。元帝不之罪。及魏军攻元帝，元帝临阵督战，元帝见执，如王之营，甚见诘辱。王遣傅准进土囊害元帝。魏乃立詧，国号后梁，元大定。北齐遣上党王高涣，送萧明来主梁阙，陈霸先杀王僧辨，黜萧明而奉恭帝。督以不用尹德毅之言而失襄阳之地，耻其不振，常怀忧愤，著愍时赋以见其志。八年，病背疽而殂，谥曰宣帝。

世传帝避侯景之难，隐于此地。元帝已平侯景，元帝复后见执于帝，知帝非为侯景所逐。余疑其为政会稽，有德及物，人为嗣之迄今，惠泽其施博哉？去世既远，未可轻论。唐武德中，旁兴大刹，目曰资福，我宋大中祥符，始赐崇福之号。景祐中，邑令袁熙载，字良辅，谓帝性不茹荤、不饮酒杀牲以祭不类。余闻昭明身衣浣衣、食不重肉，未尝闻帝不茹荤，苟血食而代以素馔，或去饩羊之类欤？谓不饮酒则亦可，以去蘩茅好礼者，未然。因民而有旱干之忧，当顺人情以致时雨，徒事变更，善守者或诮。予岂好辩，因其同仕泪诸邑老强余再四，故滥阅简策，拾诸众口，叙其事。宁人得帝之迹，仰帝之心，固当益重。余俟好古博雅君子，得究其详。

作者简介：王艺，宋人。

梁皇古街

前童古镇一角

前童

前童镇,地处宁海县西南,东临一市镇、跃龙街道,南连桑洲镇和三门县,西与岔路镇毗邻,北与黄坛镇、跃龙街道相接,是一座历史悠久、文化积淀深厚、地理环境独特的江南古镇,先后被命名为"浙江省历史文化名镇"、"浙江省旅游城镇"和"中国历史文化名镇"。前童是一座不凡的江南明清时期的民居原版,是一幅古韵浓重的乡村画,一段优雅动听的江南丝竹调。前童以民居布局奇特、明清古建筑群保存完善以及人才辈出而闻名遐迩。始建于宋末,盛于明清,至2005年仍保存有1300多间各式古建民居。这里,"家家有雕梁,户户有活水"。

白溪水缘渠入村,汩汩溪水挨户环流;家家连流水小桥,户户通卵石坦途,为江南集镇独特之奇观。八卦水系,哗哗鸣唱,幽幽潜行,不是水乡,胜似水乡。白溪和梁皇溪是两条主要溪流。白溪由西面岔路镇进入境内,流经前童村前,然后东出竹林村。梁皇溪源出梁皇山东南麓,经前童村后,迂回至竹林村后,汇于白溪。梁皇山南麓有建于唐武德年间(618—626)之梁皇寺(崇福寺)。明代地理学家、旅游家徐霞客曾过梁皇山。前童南岙山麓有明初儒士童伯礼营建之石镜精舍,方孝孺曾在此讲学。塔山、鹿山峙立东西两侧,景色秀丽。孝女湖、庙湖、致思厅、学士桥、南宫庙等古迹,今尚存。明初方孝孺所设计之童氏宗祠建筑,仍大致完好。明洪武年间所建的宗祠,已引起省内外专家的高度重视和大众的赞赏。鹿山有革命烈士墓及碑亭。

题塔山八景寿童处士

方孝孺

塔山高插天之东,阳乌飞起光瞳昽。
幽人结楼在峰下,秀钟风景俱豪雄。
有时出钓双溪月,竹竿蓑笠情怡悦。
石镜寒潭作洗心,划然长啸天欲裂。
颐颜鹤发非服丹,岵岫霞彩常自餐。
或闻龙吟憩石泄,或听鹤唳游梁山。
孝女湖头莲万朵,欲吸清露耽玩坐。
古柳寒烟学士桥,付与幽人频系马。
幽人幽人洞知机,抱道不关闲是非。
乘兴登楼傲衣䌹,拍栏笑咏吟魂飞。
积善果应天所佑,春满楼头皆锦绣。
玉树芝兰绕膝前,诈跌卧地翻彩袖。
我今倚剑发豪歌,狂来酒渴思吞河。
唯愿幽人介眉寿,诗勋落落长不磨。

塔山八景

徐国祯

孙绰一赋天台名,山岳神秀匹四明。
猴邑郊西三十里,八景天然先贤评。
中有塔峰如狮搏,顶看日出万象呈。
又有岵岫绵西北,向晚霞起俨赤城。
梁山竟传萧氏迹,嘹亮鹤唳岂甲兵。
神龙变化吟石泄,风雷唱和霖雨倾。
数点鸦栖桥畔柳,至今学士蜚英声。
汪女孝垺曹娥烈,莲花满湖香盈盈。
双溪曲抱供垂钓,一竿秋月移人情。
悬崖石镜可照胆,下有寒泉彻骨清。
漫说无人能问津,我来欲作武陵行。

作者简介:徐国祯,爵里不详。

前童古镇

塔山八景

童嗣翰

镜吐寒泉风日磨,晓登雁塔看羲和。
烟含学士桥边柳,香散汪娥湖上荷。
石泄卧龙涎气滑,梁山归鹤泪声多。
已知岵岫栖霞晚,还问双溪月若何?

作者简介:童嗣翰,清代宁海前童人。

塔山颂

齐周华

山巅塔已圮,百世尚留名。
海上朝霞早,天边雁字横。

作者简介:齐周华(1698—1768),字漆若,号巨山,又自号独孤跛仙,天台县城龙门坦人。少年时即能诗文,议论宏深。撰《救吕晚村(留良)先生悖逆凶悍一案疏》,被拘至杭,在狱中受尽酷刑,始终坚持己见。在狱中所著诗文,编成《风波集》。乾隆元年(1736),得赦出狱。遂弃儒巾,作道家装,漫游五岳名山。自此浪迹山水30年。

塔山晓日

王偡

峨峨叠嶂凌云表,浮图屹立如拳小。
昨夜长庚耀德门,今日阳乌丽清晓。

主人自是山中仙,苍颜白发登稀年。
烹肥击鲜宴宾友,满堂兰玉何森然。

作者简介:王偡,字素庵,号维翰,明代临海人,宣德庚戌(1430)进士,官至刑科给事中。塔山,在前童村东。相对高度49米,相传山上有塔,故名。

塔山晓日

曹凤翔

昨夜抱衾峰顶宿,晓看旭日光四烛。
仰观不觉天地宽,长啸一声山水绿。

作者简介:曹凤翔(?—1734),字叔度,宁海官塘曹人。康熙二十三年(1684)岁贡生,品行端正,抱负非常。

庙　山

叶振声

一带矮山山有庙,因知有庙庙名山。
千年庙貌山间在,万古山名在庙间。

作者简介:叶振声,清代宁海人。

孝女湖

赖世隆

江以曹娥名,湖以孝女著。
千秋洁白操,誓不随波去。

作者简介:赖世隆,字德受,福建清流人。宣德五年(1430)庚戌科进士,曾任翰林院编修。

(孝女湖,在塔山北麓,相传有女早丧夫,不复嫁,陪伴母亲,有孝女之称。母亲爱湖水清碧,孝女常汲水湖边,母死后,孝女投湖自尽,香肌玉骨化为莲花。)

孝女湖

宋奎光

翰林先生栋梁具,归来廿载忘荣贵。
甃石填沙架作梁,手植陶家五株树。

桥头车马乱行踪,都云来寿古稀翁。
唯愿椿龄比春柳,一年一度垂春风。

孝女湖莲

陈处泰

仙娥何年乘化去,留得湖名擅芳誉。
千古冰魂不受尘,常向锦云清绝处。

侧闻邻翁眉寿高,筵开罗绮行春醪。
远赴西池会王母,御风来献千年桃。

作者简介:陈处泰,字绥斋,号克宁,明代临海人,曾当过兴济县令。

孝女湖莲

黄常谟

此地不生汪氏女,此中湖水竟无名。
红莲一瓣留芳韵,愧杀男女诵孝经。

作者简介:黄常谟,字式文,鄞县人,邑庠生。

石泄龙吟

佚 名

山岩迸出云根水,神物蜿蜒个中处。
等闲鼓鬣奋苍冥,遍向人间作霖雨。

灵性由来夙有知,秀钟阿翁跻古稀。
长吟微吼和丝竹,余响高遏行云飞。

学士桥柳

王杲

荆布偏能展孝思,拼将香魂葬湖湄。
于今两岸疏寒柳,犹是颦眉带泪垂。

作者简介:王杲,字尚志,号存白,明代临海人,以举人令陕县。

(学士桥,在前童大宗祠前200米处,传说南宋丞相叶梦鼎与前童始迁祖童潢为友,在塔山脚下落户时,叶正显贵。在荣归故里时,曾在桥柳下小憩,因此命名为学士桥。今俗称下石桥,为一小沟片石。)

学士桥柳

周士廉

学士仙乡有石桥,归来云路马萧萧。
桥边柳似陶家景,好似春风起嫩条。

学士桥柳

曹凤翔

忆昔霸陵桥畔柳,年年攀折行人手。
而今绿柳不成荫,学士风流还在否?

石镜精舍

王 模

石镜山高境绝尘,当年逊志此传薪。
风凄月冷先生去,物换星移讲舍新。
一脉读书留种子,千秋慕义重遗民。
至今展卷仪型在,又见梅花太古春。

作者简介:王模,字采三,宁海城中人,工诗善医,题石镜精舍图。

双溪钩月

卢守仁

岹峣两峰奠南北,堆奇敛秀环华屋。
二水流来燕尾分,滔滔东去浪花逐。

西风刮去天界清,溪光月色争空明,
嫦娥应解献灵药,来与白头添遐龄。

作者简介:卢守仁,字豫庵,明代临海人。举人,当过阳武、清江县教谕。

双溪钩月

曹凤翔

昨夜溪边春雨发,投竿兀坐依林樾。
平生志不在于鱼,独向烟波钓明月。

鹿阜斜晖

齐周华

山气日夕摇青红,山上草短如苔封。
山人好友相追从,徐徐缓步登其峰。
指点烟村西与东,山根溪潭明且空。
耳边谡谡吟青松,美哉此阜来仙风。
怪底昔人称弩弓,机心几与世相攻。
须知实与马不同,莫教移祸甘泉宫。
更名便觉开心胸,堪游深山大泽中。
山人归来月溶溶,敢云今是友鹿翁。

石镜寒泉

何 伦

石髓凝流漾晴绿,圆光如月复如玉。
堪借妆台鉴鬓眉,清泠未许凫鸥浴。

几回时雨添春香,汲来酿作葡萄浆。
持献堂前介眉寿,南山福祉将无疆。

作者简介:何伦,字逊志,号元秩,明代临海人,由举人任肥城教谕。石镜山,在前童村南一里许,山石圆炯,有寒泉瀑其上,与阳光相映,村人认为于村族发展不利,因于正月中旬夜施放铳花、鸣锣,以"泄火气",此后衍化成为当地正月十四至十五的迎神赛会习俗。

鹿阜晚眺兼呈寅斋姻台先生粲政

王显谟

扶舆之气何清淑,凝结山阜形遂育。
不夸龙盘虎踞雄,俨然一鹿驯而伏。
连步岗顶效猿蹲,俯瞰烟火自成林。
雕甍杰构旁山麓,道是居家通德门。
先贤发祥鹿之瑞,再赓鸣鹿推哲嗣。
我今亦作附尾思,鹿应笑我为不类。
方在凝思倦依岩,人言芝草鹿能衔,
医宗囊贮太和药,得此不须白术铲。
吁嗟乎!山乃寿者征,鹿为仙者畜。
钟灵矍铄一老翁,将来定符千秋祝。

作者简介:王显谟(1834—1899),谱名象成,字吉士,号盼西,又号琴西。咸丰甲寅万宗师岁试入邑庠,同治辛未丁宗师岁试补廪,光绪甲午岁贡。候选训导。《光绪邑志》副主编。1861年,应前童童云轩之请,主讲舍。作有《光绪宁海县志志略》等诗文。

前童正月十四行会活动

塔山八景

齐周潴

塔山晓日

独上高峰极目遥,海天浴日涌红潮。
光开混沌星初落,影射曈昽露渐消。
宿雾几村眠屋角,晴云数片系山腰。
原如程昱登东岳,旭日当头御笔标。

鹿阜斜晖

崇岗如鹿是耶非,拂尘闲游落照时。
冉冉长松霞乱影,茸茸细草绿添肥。
迷茫林外寒鸦噪,缥缈云间白鹭飞。
听得溪边高唱处,牧童齐带夕阳归。

鹤立松梢

景物春来到处奢,翩然仙客集松杈。
龙鳞老竿霜衣秀,马鬣风翻月羽斜。
万里心随霄汉外,数声唳落大夫家。
缑城似返当年驾,应讶人民渐渐加。

龙吟石泄

龙湫光怪未经看,坐听阿兄席上谈。
两岸悬崖青似铁,一泓静水碧于蓝。
霎时猎猎风摇木,片刻鳞鳞云掩岚。
昨夜雨中声带吼,恍闻山破震东南。

学士桥柳

烟港桥横水半篙,谁家学士此游遨。
千条弱线思鞭马,万朵飞花忆点袍。
树已与人同寂寞,名犹自昔属清高。
归来不解情何邈,闲剖黄柑配浊醪。

孝女湖莲

湖光一片绿涟漪,孝女曾从坠玉肌。
露冷莲房含宿泪,风吹荷瓣曳残姿。
亭亭不语谁能解,灼灼长开寄所思。
同伴伯兄寻旧迹,致思亭上立多时。

石镜寒泉

玉液清晖晃碧峦,澄光四射得奇观。
山鸡影落神能舞,鬼魅形悬胆亦寒。

不火熔来金炯炯,因风磨出谷漫漫。
司空若使今犹在,定敕容成侯爵看。

双溪秋月

一水潺潺相对流,蟾光初吐值清秋。
圆时浪涌挚双璧,缺处澜回漾两钩。
岸隔铮淙声上下,瀹飞断续影沉浮。
秦时颜色今犹好,赖有寒泉浣不休。

作者简介:齐周潴,字表东,天台人,邑庠生。

塔山八景

童 炜

梁山鹤唳

梁山鸟道复重关,骑鹤仙人去不还。
鹤返旧巢栖绝顶,仙闻新籁振人间。
惊回落月庄生梦,寄语烧丹委羽仙。
几听秋风清入耳,何如西蜀伴琴闲!

孝女湖莲

孝女湖边草色浓,芳魂香散芰荷风。
曼姿雪藕埋残玉,血泪花痕印浅红。
吊古天悬云物镜,招魂月控水晶宫。
好怜窃禄偷生者,肯浸冰心冷泽中。

塔山晓日

塔影团团晓气清,火轮初发海云平。
催晴宿鸟啼残露,破暝寒鸡促远程。
万户争开红日近,两峰高映彩霞生。
负书曝背茶初试,坐对风光放逸情。

岵岫晚霞

苍苍岭岫最岩峣,直上重岩发紫标。
石畔疏林拖赤缕,天边落日系红绡。
文成五锦凝仙佩,画就千山驾彩桥。
西望照人晴欲晓,晚烟将锁问归樵。

石泄龙吟

石潭龙窟路微通,为听长吟上碧空。
壮气吐来千嶂雾,怒雷振起一天风。

讵知神物能诗赋,始识英雄作化工。
休讶晚来头角老,苍生霖雨吼声中。

学士桥柳

何年学士驾虹桥,御柳含烟软自娇。
拂拂雕鞍轻缓带,丝丝浮浪舞纤腰。
曲中佳调疑闻笛,堤上新莺学弄箫。
且喜不移陶令处,春风绽绿绾千条。

双溪钓月

带合溪流泄碧泉,溪头山月下寒烟。
波分双影钩远曲,风动平川缺又圆。
唯有中秋团桂魄,独开明镜见婵娟。
清虚宫殿倾河落,夜色沉沉水一天。

石镜凝泉

石髓寒生溅碧流,谁开玉匣镜光浮。
不劳秦铁熔真魄,岂用杨铜照破愁。
借天赤午磨清鉴,挂月妆台傍古锹。
早辨人间肝胆事,孤忠隐隐暗相投。

作者简介:童炜(1653—1688),字元粲,号赤侯,童氏第十七代孙。邑庠生,安吉州学正。

孝女湖

塔山八景

童 培

塔山晓日

双峰高插尖如笔,晓望山椒含旭日。
岚霭初晴曙色明,断云片片从东出。

鹿阜斜晖

西坦横迤小秃山,苍黄装点四时颜。
晚看牧稚争驱犊,忙趁斜阳吹笛还。

学士桥柳

学士何人人不识,青青桥畔留颜色。
春风乍劈嫩千条,听得鹂声在桥侧。

孝女湖莲

春去夏来菭菡开,邀朋湖上共徘徊。
水光澄碧空如鉴,长照汪家一女孩。

石镜寒泉

石家明镜悬高麓,日照风磨光煜煜。
只许清流洗浊尘,不教闺女窥眉目。

双溪秋月

两派溪流映月明,一轮冰魄共溪青。
渔翁夜钓秋江水,施施归来唱濯缨。

鹤立松梢

荒原凉籁挹青松,遥望深阴淡亦浓。
白鸟倦归迷故渚,误将林树认西雍。

龙吟石泄

南山之谷有龙母,一声震啸风云吼。
老藤高结碧潭同,峭绝游人曾到否。

作者简介:童培(1687—1775),字舜天,号历亭,明末中举。以拔贡除授山东登州府同知。升监军佥事道。逢明季,知事不可为,隐居遁迹,潜心"理学",著有《历亭文集》。

栅下八景

佚 名

水白涌泉

水白庵前云雾迷,清泉涌出漾高低。
浪花沾洒幽深院,波谷漂流满小溪。
冲石声随钟韵出,洗心清与玉壶齐。
高僧澄澈无尘染,一苇航之到天西。

潇汀浴鸥

潇汀溪上浪悠悠,偶过其间见浴鸥。
雨后乘闲翻水面,风前趁兴弄滩头。
呼雏泛渚相亲近,同类眠沙任沉浮。
日晚倦飞依蓼岸,何嫌漂荡遂波流。

后岭观耕

忽见郊原拂羽鸠,野翁呼伴出田畴。
纷纭抉水南东亩,连续耕田上下丘。
女提壶罐疗干渴,稚童刈草饲疲牛。
欲赢万颗秋收籽,日夜劳累终不休。

乔木迁莺

宅边古木势奇横,大干深藏百啭莺。
宛转栖林身正稳,回翔绕遍体偏明。
音闻陌上伤箫索,响彻桑间幽谷惊。
金梭织处机声滑,催得闺房蚕事成。

沈坑瀑布

望得深坑雨水稠,宛如瀑布挂山头。
半天恰似浣罗绮,绝顶奚来杼轴留。
声是迅雷鸣峡谷,形同白练晒平畴。
滔滔直下洪涛去,万派皆从一本流。

平川揽胜

莫道徼西多丘江,群山环抱一平洋。
农舍错落鸡犬闻,阡陌纵横稻谷香。
溪上青苔流碧水,坪上红花缀绿装。
炊烟袅袅日已暮,披襟回首好归乡。

帽山夕照

桑榆已晚溜斜阳,纱帽山中尽风光。
玉兔腾辉明远岫,金乌流影烛高冈。

南峰簇簇余辉照，西翼团团晚景彰。
举首遥观陈宅外，牧童牛背咏归乡。

龙湫求雨

龙湫奇迹古来稀，遗横一些分两歧。
偶遇界山细雨过，遥瞻潭上密云垂。
村人祈雨唯疗旱，水族沛霖每乘时。
闻道高僧行故事，年湮世远复谁知。

——选自《前童栅下陈氏宗谱》

柘溪八景

杨诚园

柳堤春晓

翠柳丝丝含露低,依稀绿锦覆沙堤。
天然音乐天然景,枝上新莺婉啭啼。

松坞风清

清风翳翳振高标,南亩东皋极望遥。
舒啸千秋留一坞,吹衣拂袖两飘飘。

岩潭鱼跃

一湾清水绿沄沄,泼剌声声破碧痕。
可是凌云皆有志,熙熙喜跃跳龙门。

石泄龙吟

昭昭灵德律中和,嘘气成云变化多。
泽沛苍生留胜迹,声传天籁谱笙歌。

双溪夜月

清溪明月静相涵,胜迹长留村北南。
天际水中双皎皎,清光应不让三潭。

石屋朝暾

日上东南第一峰,明辉映透晓烟浓。
凭楼翘首遥观处,千里飞霞一抹红。

金钗瀑布

飞泉高挂两峰间,喷石如珠溅满山。
最是积霖新霁后,涧边静听更淙潺。

碧岫浮岚

峭嶂亭亭一抹青,无边清景画难形。
浮光隐隐山容淡,恍似纱笼翡翠屏。

——选自前童《柘湖下杨宗谱》

作者简介:杨诚园,宁海柘湖扬人,此诗作于清光绪三十四年(1908)。

潘家岙八景

褚言福

横山积翠

小山横处俏芙蓉,花木烟霞处处浓。
虎卧龙蟠时拭目,不妨飞翠点崆峒。

河水潆带

水南水北旧烟霞,一带长流绕世家。
涵得清光云影动,潆洄九曲兴何赊。

塔峰耸峙

巍巍宝塔耸奇峰,亘古常新不改容。
羡尔嶙峋高处立,不教名迹白云封。

龙庵鸣钟

何处钟声响远音,鲸铿无限出丛林。
敲残一百兼零八,恰似潜龙带雨吟。

清潭钓月

萦纡一派远嶙岣,彻底冰壶不染尘。
万里碧空悬宝镜,小舟系着独垂纶。

凤山晚眺

选胜何须远处寻,凤山高耸可登临。
夕阳斜照千林紫,看到烟霞第几层。

树行观日

万木丛中锦荫垂,金乌一点映参差。
赤盘渐出高枝上,携杖行观颜自怡。

白岩霞起

巉岩秀削白芙蓉,忽竖丹楼有几重。
莫道此中行迹少,飧霞人倚最高峰。

作者简介:褚言福,爵里不详。

前童花桥街

游鹿山记

唐 赓

丁亥冬,予与杨君镜湖秉鉴上舍,膺童氏谱役。一日游鹿山,同行者为俊三(文英)、象甫、双湖(能藻)、双峰(能藩)五六人。

予扶杖至山趾,南低而北高。高为鹿首,两松矗天若角立,山腰如伏弩然。土人曰:"山本名弩,国初天台许尚嘿改今名。"复迤逦仄径上,不数武,足疲。余履又高,径又滑,十步九蹶,同人掖而陟其巅,气喘逆不能平。少顷席地坐,但见四围廖廓,南拱大溪,石镜架于前,梁山亘于后,古岫霞烘,莲湖水涸。山脊则千崖壁立。对面曰塔山,两峰挺峙。俯视则童氏在焉,烟火万家,井间相望。信所谓生于斯、长于斯、聚国族于斯者乎!

言未已,一客语予曰:"吾闻山无草木曰童,今上下平旷,荆榛不生,易名曰童山可矣。"余应曰:"唯唯否否。山无草木,必多砂石,若区吴咸阴诸山是也。是山土泽肥饶,根须密布,春夏则绿茵满地。设树以佳卉,栽而培之,数十年后,必能蔽日干霄,作西霄之蕃扞,势与对山埒,何童为?且夫山之土美而不植,犹人之质美而不学也。譬夫灵淑之姿,聪明睿俊,幸厕胶庠,而父兄为之培植,师友从而提携,博于通邑大都之间,参观于哲匠宗工之伦,殚闻洽见,经术湛深,不数年即翱翔云路,超绝于一乡一邑间者。树人之与树木,其理一也。不此之务而徒恃其质,是不践迹而不入室也,是部娄之无松相,亦何怪其若彼濯濯哉？"

客曰："子亦知是之缘起乎？先世听形家言，谓一朝种植，必不免斧斤之伐、锄锹之伤。狃于风水，故不封不树。垂训勒碑，无能更进一说。"

噫！若是，则真童山矣。然子但信以术，而吾则直决以理。后有作者，请三复余言可也。

作者简介：唐赓，浙江黄岩人，清末举人，有文名。此文于嘉平上浣劢补记。

石镜精舍记

方孝孺

邑士童君伯礼既以礼葬其父于舍南之石镜山,与三弟谋合资产共釜鬻以食,取古礼之宜于士庶人者,以次行之。复恐后之人未能尽知其意而守之勿变,乃即石镜之阳为精舍,聚六经群书数百千卷,俾子侄讲习其中,求治心修身之道,以保其家,以事其先而不怠。且属余记其说以告来者。

予谓童君于是乎知本矣。人有五常之性,天命也,发为君臣、父子、兄弟、夫妇、长幼、朋友之道,天伦也。天伦之常,天命之本。孰从而明之?《易》《诗》《书》《春秋》《礼记》,圣人之经也。圣人之经,非圣人之私言也,天之理也。天不言,而圣人发之,则犹天之言也。三代以上,循天之理以治天下国家,故天命立,天伦正,而治功成,风俗淳。由周之衰,不知圣人之经为可行,而各以其意之所便、时之所习为学,百家众说驰骋错乱,皆足以叛经而害理。间有知经之不可废者,则又徒取其末而不求其本;以为设于人而不察其出于天。人心不正,天理不明,而三纲九畴因以不振。经之用舍,其所系,岂微哉!

齐桓公欲取鲁,仲孙湫曰:"鲁犹秉周礼,未可伐也。"则古者以治经与否观国之兴废也。周原伯鲁不悦学,闵子马曰:"学犹殖也,不学将落,原氏其亡乎?"则以学经与否观家之存亡也。经之于人,其重也如此。世久不之察,而童君独知其可以善身保家,首以教子侄而不敢忽。非诚知所本,其能然乎?

自斯民之生，封君世家富贵盛隆者亦众矣，其意莫不欲传于无穷，而卒不能者，奢泰满盈而不能节之以礼；私意蜂起而未尝正之以义也。使稍得圣人之言而守之，于以治心修身致道德于众人之表优于天下，可也。于家乎何有？

童君之家，虽未足与富贵盛隆者比，而以礼自饬，以义自正，以经学望于后人，其所以守之者，有其具矣。凡学乎斯者，扩乎天命之微以尽性，笃乎天伦之序以尽道，明乎经之大用以诚其身、以及乎人，则为善学而不辱其先矣。此童君之望而亦圣人之旨也。苟徒取其末而遗其本，诵其言而无益于身与家，岂圣人作经之意哉？亦岂童君之所望也哉？

游鹿山记

王显谟

　　自古山川人物，每相得而益彰者也。天下胜迹多矣，非得名人为之题咏，何以显其灵奇？吾人足亦隘矣，非得名山助其兴致，未免失之粗俗。虽然，山固有幸不幸，人亦有雅不雅耳。苟领其趣，即远在域外，犹扳追者有之。不知其趣，即近在目前，未经登览者，亦有之。

　　偶忆慕翰袁友尝为余言，邑西南三十余里有塔山，隆然特起，对岗为鹿阜，中间村舍，其山较平旷，以形似名，高则视塔山不及，而景胜之。有山人别字"麈仙"者，偶意"鹿山主人"四字也，并著有号说。慕翰记其大略，而此翁之胸襟如见矣。噫！趣甚。此时，虽慕"麈仙"之号之美，犹未知鹿山之景之美也。

　　岁辛酉（1861），其乡童君芸轩延余主讲舍。麈仙以地主之谊相见，晤对竟夕，持论名通，可真谓麈谈胜友。夫麈，鹿属，尾宜拂，因为谈助，仙道家多以之。今接麈仙言论，抑可名言符其实乎！且将生平作口示，英思卓识，语必惊人。余虽偶然耳食，不啻染鼎，于是有游山之约。

　　越月余，麈仙不果来。因偕一二同志造门以请，而麈仙欣然导以先路。过村西，仰之，在咫尺间，不数武，遂至山麓。摄衣而上，平步如坦途。纵目四望，远峰环列，流水潺潺，俯瞰平畴积翠，烟火比邻，俨然一幅桃源图。南望列岫磊岩，蔚然深秀者，石镜山也，其下有精舍，先儒方逊志曾馆此。余谓麈仙曰：

"此地水秀山明,且为理学名臣涓滴所注,君辈生长其间,必有承派别而蔚为华国才者。"麈仙曰:"愿如君言。"

方在凭吊慨想时,而凉风送爽,冷然沁人心脾,即狂士风舞雩之乐,亦不过尔尔。盖至此方知鹿山之景之美,而弥叹麈仙之号之美也。斯时也,游兴虽未降,奈回顾樵夫牧竖,络绎归途,遂乃挈伴而返。

然余心犹恋恋,浩然而叹曰:"鹿山之知己,其唯麈仙乎?"因思谢太傅东山高卧,人即以谢东山称之。今麈仙独赏识鹿山,即呼为童鹿山,亦何不可?呜呼,吾知之矣,麈仙之意,更别有在耳。昔人有薪于野者,遇骇鹿,掩毙之,藏诸湟中,覆以樵,俄失所在,遂以为梦。由此以观,可知得鹿不为喜,失鹿不为忧。天下事大都类是。麈仙殆有感于此而寄意鹿山欤?度以此意质之麈仙,当许为知心也乎?

予不文,率意搦管,其贻笑于麈仙也,亦所弗计。恐见渎夫山灵也,似乎不安云。

游塔山记

王显谟

吾邑负廓皆山,森列如拱笏。至西乡,尤多奇峰峭壁,以其与天台界,皆胚胎于华顶也。故所在村庄,非檐迎飞瀑,即背指悬崖,纵然居民络绎,或间一丘,或阻一岭,自成碎锦零缣之象,而最擅胜者,莫若塔山。

其地烟火毗连,桑麻乐业。溯其所始,系宋季胥宇于此,依山相宅,遂名焉。其犹奇者,塔山当村之震垣,而兑位则更有鹿阜,两两相对,为一村关城,得天造地设之美焉。但此山去城三十里,余初仅耳闻,究未深历,且迩年来跟跄尘埃,绝少清缘。适有童君芸轩,与余素相识,为人温雅和平,夙称西乡翘楚。以二子属余傅,馆诸家塾。余性虽俚俗,颇好种竹莳花,芸轩竟先得我心,厅事前盛植花木,春夏间奇葩艳发。不减洛下名园。噫,馆主人可谓善养性矣。

是岁,为同治初记之年(1862),夏六月,大旱。乡长老为坛于庙,从祈有年。芸轩偕余往观,而庙适当山麓。芸轩因以游山请,余唯而从之。星源、镜泉亦与焉,并不识姓名两稚子,似解此中之趣者,欣欣然尾之。历阶而上,灌莽苍苍,蹊径莫辨,且足力不支,赖诸同人推挽焉。

登其顶,平旷可容数轨,因谓芸轩曰:"山以塔名,而塔无复存者,恐久则并其名而易之,将奈之何?况塔为汪娥所建,郡邑志皆载焉,今仅留遗址,后人登斯山者,靡不感慨系之矣。"

芸轩亦作复兴想，既而曰："姑舍是，游山当寻险隘处。"遂东向平步数武，峻陡壁立，计寻不得直绠，其间有红岩洞，人亦罕到，余就崖上逼视之，如临深渊，不胜股栗。相传村民在南海中见有山俨析此峰之半，谓其乡人曰："正是。"今遂乃其称。

呜呼，洵伟观哉！其或为愚公所移与？何造物之奇且巧也。□绝处如斧削，而耸突处却如箦覆。回顾偏右，又起峦头，高相□而势相平，中递几脊岗，两峰差肩屹立，秀削异常。因思郡中东南隅双帻峰，形家以双荐称，谓台人多有父子兄弟联科第者。今彼约略，后当有应焉。

于是，徘徊久之，旋身四望，唯北则山势平远，少胜迹。若南则石镜溜亮，下有精舍，知为明先儒方逊志讲学所也。东则元峰耸秀，作侧面顾人状，知为宋相国叶西涧读书处也。西侧梁山屏列，延袤数村，知为梁大清王子誓避寇处也。余与二三同志论述往古，凭吊唏嘘，慨然有上下千古之志。

惜乎当溽暑，不能久留。诸友促余下山，别寻归路，沙砾磊落，难以留步。芸轩倚以肩，戏之曰："昔齐巨山前辈尝屐蹑登山，此先生何足不健乃尔耳。"余且笑且行，蹀躞而下矣。

曩余鹿山之游，固已称快，窃以为塔山应多让焉。今而后始爽然若失矣。知万物不可挟私意以较量也。爰为之记。非云记胜，亦聊为异日话旧之一证云尔。

湖头村口

〇一三 湖头

湖头，因其村边有枫湖而得名，是岔路镇三大村之一，现有人口1400余人，总户数达400余户，村民以葛姓为主，但谁是始祖，说法也稍微有区别。一说西洋葛氏始祖是三国吴道士葛玄，曾从左慈学道，并入深山修道，道教尊为葛仙翁，又称太极仙翁，是道教灵宝派的创始人。其依据是宁海《光绪县志》说"葛玄之苗裔云云"。而2003年11月，在宁海召开的首届葛洪与中国文化国际学术研讨会上，从《西洋葛氏世系》《枫湖葛氏宗谱》《下洋葛氏房谱》《泉水车园宗谱》中得出结论，西洋应该奉葛洪为一世祖。葛洪是葛玄的从孙，自号抱朴子，好神仙导养之法，将道教文化发扬光大，成为东晋道教理论家、医学家、炼丹术家。葛洪30多岁就选西乡（今岔路一带）学士坪炼丹，写成名著《抱朴子》。其长子渤随父南下广东罗浮山，次子勋就定居西洋（今湖头），创制度、立家法，而成巨族，延袤数十里。葛洪后卒于罗浮山。不管怎样，宁海的葛氏是从丹阳迁此建村。葛洪在岔路至今犹存的遗迹有两处，后山学士坪又称柯仙山学士坪和天姥山抱朴洞，两处位置都在今白溪水库天河风景区内，已成为景区重要的人文景观，遗址内尚存丹房的残垣断壁和丹井。宋代的《宁海县赋》中称"曰桐柏则有葛稚川之丹房"即指此地。2010年修缮落成的葛氏祠堂，雕梁画栋，具有浓郁的艺术特色，全手工打造，真材实料，独具匠心。

仙溪十景总咏

佚 名

庵名沙涨引春游,为借仙溪半叶舟。
石井偷闲观瀑布,古塘乘兴下鱼钩。
纳凉桥上烦襟涤,望海茅尖爽气稠。
岭耸高坪来羽客,流分大砩满青畴。
山光到晚庙如画,月色盈潭槎欲浮。
应接凝眸无暇处,相期越调答吴讴。

西阳八景合咏

葛麟书

日出扶桑上塔峰,岚浮梁壑黛连空。
云归石井龙初睡,雪满鞍山马不通。
枫树湖边凉月白,梅花村外夕阳红。
泛舟垂钓风流客,潭上桥亭趣莫穷。

作者简介:葛麟书,讳昌盛,字茂先。湖头人,邑庠生。此诗作于乾隆四十二年(1777)。

西阳八景

葛昌锡

（一）

壁立凝双帻，浮图势俨然。
不闻镜影动，自有日光联。
海峤层波涌，扶桑咫尺前。
阳和都照拂，大地尽忻瞻。

（二）

枫叶荣枯异，湖光一鉴明。
雪练平铺满，纹波促皱清。
荷香联桂影，鱼跃挟星沉。
静夜闲观望，萧然物外情。

（三）

黛色薄诸山，晶莹一望间。
钟声随雾卷，花影共云闲。
帝迹空传语，僧居耐往还。
登临来爽气，杖履不知艰。

（四）
骏足逸天闲，精神化作山。
难施羁勒绊，不受朴鞭烦。
朔北追风罢，胭支血战还。
彤云四顾合，鞍衬六花班。

（五）
万仞奔流下，石井汇清冷。
雾霁层峦见，云归岩穴阴。
绵延遮日景，肤合掩曦晶。
甘雨崇朝下，草木共沾恩。

（六）
疏林间野屋，花发簇如银。
陇上春思寄，罗浮梦欲寻。
烟凝姿乍浅，霞悒色偏呈。
处士如相问，为赓百韵吟。

（七）
万里乘风志，扁舟任所之。
机忘鸥作伴，荷拂酒盈卮。

超旷怀苏赋,清新和柳诗。
桃花如夹岸,犹想避秦时。

（八）

昔闻渭叟渔,几见淮阴钓。
巍然一短亭,湖水涵虚照。
丝纶无俗情,意象参玄妙。
弹铗岂非侠,恐为识者笑。

作者简介:葛昌锡,湖头人。此诗作于乾隆三年(1738)。

柴家古树丛

〇一四 琴塘

琴塘,据《柴氏宗谱》载,南宋末年,柴中行遁迹宁海北里古柴家,越二世仕谦公始迁居今柴家。柴家村有万婴柏,老干屈曲,虬枝峥嵘,令人叹为观止,还有琴塘、大洪山、小嵩坑等景点。

琴塘八景

宋舒光

石井观瀑

何须观瀑到天台,石井龙湫雨半催。
玉浪千寻拖作练,银涛万丈吼如雷。
休疑织女投梭去,错认鲛人抱布回。
霞绮云章添色相,空将新剪出新裁。

高岩望海

彳亍持筇摄翠峦,寅潮汹涌海天寒。
客归蓬岛仙梯近,人在岩峰眼界宽。
鳌浪嘘开千顷白,乌轮捧出一天丹。
探奇溟渤原无际,胜到楼头合大观。

阮桥玩月

阮郎昔日过桥东,今日桥横阮未逢。
隔断溪声全窈曲,玩来月色最澄空。
登瀛指点人千里,折桂分明地一弓。
不羡桃源流水外,依稀身在广寒宫。

假山怀古

比山叠石界云天,小峙琴塘绿水前。
添出岚光留夕照,装成翠色冒厨烟。
春深半坞啼花鸟,雨过双堤引竹泉。
庙貌兴隆神赫奕,莘莘俎豆祀千年。

狮岩并峙

奇兽由来出大秦,嵌崟岩势露狮身。
欲分胜负形何踞,不辨雌雄像逼真。
月魄疑球无攫兔,松涛类吼暗惊人。
休言他日腾云去,牙爪狰狞妙入神。

金鱼特耸

坤舆灵气自回环,现出金鱼一小山。
何日飞腾桃浪里,从今潜伏竹崖间。
龙犹未化云无着,水却忘机月任弯。
只惜渔翁空把钓,长留青翠在烟寰。

方井香泉

选胜琴塘甲一乡,须将方井涤诗肠。
澄清定有鲲鱼化,气味真逾兰麝香。

万斛盈盈浮玉液，一泓滚滚泛瑶浆。
提壶有客频来往，翰墨流芳世泽长。

梵宇晨钟

崇福庵中报晓钟，村前曙色尚朦胧。
一声撞下糊涂月，四面窥来隐约峰。
唤醒春莺啼翠竹，惊将睡鹤唳乔松。
漫言猛省人间事，响彻琴塘起卧龙。

作者简介：宋舒光，字镜蓉，清代宁海人。

琴塘八景

柴成林

石井观瀑
大小龙湫水势冲,飞流直欲挂危峰。
冰丝垂下三千尺,未许天孙尺布缝。

高岩望海
叠石嵯峨倚碧天,澄崖昔日许齐肩。
我来绝顶凭虚望,海水苍茫在眼前。

阮桥玩月
阮桥桥下水澄清,散步溪头谈俗情。
最好三更秋月白,溶溶似镜正分明。

假山怀古
何须九仞论为山,锁得琴塘水一湾。
全凭当年堆砌力,愚公应不到其间。

狮岩并峙

崒嵂奇岩幻若狮,巍然对坐判雄雌。
只愁雪夜毛尖冷,滚下晶球欲舞时。

金鱼特耸

濠梁何必寄游踪,地指金鱼未化龙。
风雨烟波人未识,渔翁把钓费形容。

方井香泉

一床玉井四栏周,涌出清泉香最幽。
气味何须兰麝别,应占翰墨到瀛洲。

梵宇晨钟

崇福茅庵草草成,金壶漏尽忽钟鸣。
一声响彻村庄外,顿令书窗睡眼明。

作者简介:柴成林(1785—1841),谱名崇周,字成温,号月湖,宁海岔路柴家人。大学生,温柔敦厚,有古君子风。文思脱俗,专诗能文而秉姿颖异,楷隶丹青,亦无所不工。此组八景诗为嘉庆庚辰年(1820)作。

琴塘八景

柴达璋

石井观瀑

石井龙潭石井山,飞泉泻出两峰间。
更添大雨倾盆注,尺练高悬未许攀。

高岩望海

一峰低处一峰高,绝顶登临兴倍豪。
浩浩无垠盱骇瞩,眼前收尽万江涛。

阮桥玩月

皓魄当空一鉴开,闲行且向阮桥来。
多情最是将圆月,玩到宵深未肯回。

假山怀古

欲护琴塘水与风,全凭人力代天工。
当年畚局纷纷筑,九仞毋亏一篑功。

狮岩并峙

维石岩岩狮子容,张牙舞爪各西东。
天生毛骨精神具,谁辨雌来复辨雄?

金鱼特耸

琴塘塘外绿畴间,跃出金鱼一小山。
鳞甲参差潜且伏,横添夕照色殷殷。

方井香泉

谁凿深深井一方,长留遗迹在琴塘。
源流活水来无尽,多道泉香胜酒香。

梵宇晨钟

耿耿银河曙色开,茅庵钟鼓向晨催。
敲残一百声零八,惊醒红尘醉梦回。

作者简介:柴达璋(1860—1912),字肇元,清代宁海岔路柴家人。此组八景诗为光绪庚寅年(1890)作。

柴家古柏树

琴塘赋

宋舒光

夫以宁川毓秀,台岳钟灵,地离城郭,村接潇汀,溪环玉带,山列云屏。石井潭前飞流澎湃,阮公桥上皓月珑玲,岩号狮猁而狰狞有势,地耸金鱼而潜伏成形;登假山而如游岛屿,履削石而远望沧溟;听梵宇之钟欲曙,汲醴泉之水为醵。有塘焉,横来半亩,延绿纡青,澄波渺渺,细浪濛濛,眠鸥浴鹭,泛芷浮萍。方春乳鸭,入夏流萤,秋天月白,冬日风清。有客来告余曰:"此琴塘也,最足以赏心而悦目,更无烦洗耳而倾听。"于是暂离丙舍,偶步烟林,峰腰宿雾,谷口鸣禽。散长空之霞绮,写一片之云心,柳暗花明尽纳环中旨趣,鸢飞鱼跃顿开象外胸襟。羌临流而寄傲,恍掷笔以沉吟,送飞鸿于远渚,聆别鹤于遥岑。遇知己兮樵歌牧笛,起愁思兮暮杵寒砧。非真操缦安弦,松风入韵;何事一弹再鼓,涧水遗音,移成连海上之情。

辞蓬岛而参悟,会缅昭氏空中之韵,向岸畔而无限登临。水声琴声,似暗似明,冷然善也,渊然清矣。傲湘灵之鼓瑟,和赵氏之弹筝,罢桓伊之弄笛,息子晋之吹笙,似水仙之作操,似焦尾之传情,合宫商而迭奏,异瓦缶而争鸣,状伯牙之善鼓,偕稽子以留名,时而携玉爵、饮金觥,向竹坪而驯鹿,入柳岸而听莺。渔翁则停竿鸣罢,浣女则采莲闲行。飞凫几行以出没,游鱼数寸以滋生,可以鸣骚人之佩,可以濯孺子之缨。既而夕阳在山，客子登程，绿树则邮边互阴，青山则暮霭遥横，相与奏琴塘之曲，不知寒暑之几更。

嘉庆庚寅大吕月

岔路口

〇一五 岔路口

岔路口，位于岔路镇，距城关约 15 公里。岔路镇地处宁海县西南部，素有"三区"之说，即山区、革命老区、重灾区。岔路镇东北与前童镇相接，东南与桑洲镇相连，西南与天台县相邻，北与黄坛镇接壤。镇域面积 108 平方公里，人口 2.8 万。岔路镇地理位置优越，古时就有"商旅络绎，车辆骈辏"之说。《徐霞客游记》云："四月初一日，早雨。行十五里，路有歧，马首西向台山，天色渐霁。"这里的"路有歧"指的就是岔路。

岔路历为交通枢纽，现存明代指路碑，上刻"西至天台，南至台州"。"壬申三月十四日，自宁海发骑，四十五里，宿岔路口。"附近即为岔路老街，历为西乡农贸物资集散地。旁有岔路小平原，地属县境西部，故称西洋。岔路地区古称桐柏里，史载："葛玄尝居之，……山下尚有桐柏里，旁复有仙人里，且多姓葛，盖玄之苗裔云。"为葛氏的聚居地，俗称"廿里葛藤棚"，喻其子孙繁衍之多，家族之兴。白溪贯穿全镇，溪上建有白溪水库，为宁波市境内最大的水利工程。有仙溪、桐洲桥等名胜。岔路附近有九顷塘，每当夏月，荷叶田田，满塘风凉。还有宋代越窑遗址，残留有陶瓷残片。今有同三高速公路出入口。镇内山水资源丰富，山林面积 114630 亩，宁波市最大的水利工程——白溪水库便坐落在镇域白溪上游。岔路镇以高山蔬菜、大棚蔬菜、茶叶、花木苗圃、雷竹、名优水果经济特产林为重点，逐步形成区域特色经济。

竹 轩

葛敏修

不用山僧供帐迎,世间无此竹风清。
独卷一手支颐卧,偷眼看云生未生。

作者简介:葛敏修,字天文,唐代宁海岔路西洋人。

园 趣

葛顺宰

倚山长啸白云开,谁向苏门题凤来。
理药细锄防动蚁,扫花轻帚恐伤苔。

作者简介:葛顺宰,字元主,唐代宁海岔路西洋人。

摘葡萄

葛鸣文

如盖如屏槛外铺,绘成山下绿云图。
疏狂不解风雷急,探尽骊龙百万珠。

作者简介:葛鸣文(1715—1794),字振文,宁海岔路西洋人。

夜　游

陈世榜

月满千山游兴赊,古窑何处觅丹砂。
行穿松径频呼鹤,笑对银河欲泛槎。
枯草折来烧野火,冷泉掬注煮新茶。
采菱堤上褰裳坐,几阵荷花吹梦斜。

作者简介:陈世榜,字佗元,清代天台人。

山楼雪案

陈世榜

窗外迷离起晚烟,天花乱落满山前。
光分东壁非燃烛,寒甚桐洲不计年。
欲为照书铭淡薄,何当披氅学神仙。
客中风雪吾曾惯,喜得今宵近砚田。

山楼雪案

娄原鹤

人倚山前百尺楼,漫天风雪正飕飕。
卷帘只觉添新画,研墨还思续短讴。
一夜阳春依旧在,千江明月不曾愁。
听将窗外邀红友,快取檐冰作酒筹。

作者简介:娄原鹤,字叔皋,清代宁海岔路上金人。

山楼雪案

娄 敬

俄传春信到山楼,片刻瑶光满案浮。
喷槛六花飞玉屑,垂帘双壁眩银眸。
羡歌柳絮才无匹,愧坐寒毡业未修。
一卷书窗宁落寞,谁将相访买轻舟。

作者简介:娄敬,字际灿,王莽时(约公元8—23年)宁海岔路上金人。

游桐州

娄崼夷

山高水静雾横秋,携伴追陪此地游。
古洞无人眠白鹿,黄沙有渚落轻鸥。
何来逐客仓忙渡,恐惹离情多少愁。
为忆叩弦苏子乐,长歌明月在桐州。

作者简介:娄崼夷,清代宁海岔路上金人。

西阳八景

郑好义

塔峰晓日

巍巍双塔峰,龙头插苍玉。
东联五色云,扶桑喷朝旭。
金乌飞上天,晴光无不烛。
但愿君象明,四海一阳谷。

梁壑晴岚

壮哉古梁山,萧帝有遗迹,
山气浮光晴,岩花润余色。
晓钟敲石开,西风洒寥汔,
展出玉芙蓉,嵯峨倚天碧。

石井晚云

何年六丁仙,挥斧凿岩骨。
飞泉洒寒泓,化作蛟龙窟。
晚来行雨归,残云自飘忽。
一卷复一舒,本是无心物。

鞍山暮雪

西峰如走马,六花似飞絮。
顷刻化为鞍,屹然谁勒住。
寒重僵不前,蓝关在何处。
我欲挥玉鞭,骑马长空去。

梅村夕照

前村八九家,梅花绕茅屋。
山下樵薪归,残阳挂疏木。
隐映柴门闲,牛羊下来熟。
牧笛一两声,吹出梅花曲。

枫湖夜月

长川汇为湖,湖光净如拭。
当年风景殊,两岸枫叶赤。
飞来白玉盘,金波映寒碧。
沉沉水晶宫,上下天一色。

长潭泛舟

长潭湛为波,东流漂千里。
中有一叶舟,飘飘随所止。

扣弦发棹歌,欸乃明月里。
夜泊芦花边,白鸥忽惊起。

桥亭垂钓

昔有桥上亭,桥存亭已毁。
下有清冷波,波心跃双鲤。
矶边一缕风,清阴绿杨里。
罢钓归去来,明月半溪水。

作者简介:郑好义,宁海水车人,翰林检讨。

西阳八景

葛日蕃

塔峰晓日

锦鸡初唱月光移,林木森森影已齐。
疑看舞凤生金谷,不觉祥乌拥翠微。
通明待漏呼三祝,专阃司农出六奇。
双帻何年遗此处,至今犹自捧阳辉。

梁壑晴岚

飞锡梁山第一峰,俯视尘寰指顾中。
帝子远辞丹凤阙,仙人近结紫鸾宫。
祥云霭霭飞还合,晓雾氤氲淡复浓。
指点丹邱何处是,依稀祖迹在穹窿!

石井晚云

何物神龙踞此巅,瀑布飞空系半天。
岩峰隐隐成鳞甲,草色凄凄吐雾烟。
足下片云生雨露,颔间寸径映山川。
一朝际会风云日,定作甘霖通八埏。

鞍山暮雪

天工一日剪鹅毛,顿觉骅骝骨相高。
雕鞍却把银为蹬,青骢疑是玉添毫。
学士煨红时煮茗,将军拥氅夜烹羔。
皇家若用千金价,应知戎马不生郊。

枫湖夜月

东风披拂长新枝,夜深无语对月时。
剑倚长天光射斗,槎浮碧汉织投机。

宸枫琅琅鸣鸾佩，丹柱娟娟照酒卮。
顾影不惭天上月，泽畔行吟扣角诗。

梅村夕照

赋罢行吟月未斜，梅村偏觉夕阳奢。
枝头向暖沾春早，花下寻芳览物华。
琼芙萼萼皆金蕊，铁杆枝枝尽玉芽。
数声狂曲舒天籁，不知前面有人家。

长潭泛舟

一泓疑自泻天河，小艇横榔系碧波。
兰舟击节无江鸭，桂棹浮沉有酒鹅。
月移桃李邀花饮，夜浸星辰望月歌。
欲师范老忧先乐，翻羡苏公清兴多。

桥亭垂钓

珊珊壁立在溪头，俯瞰蟠浮泛碧流。
玉鹭翩翩飞上下，金鳞点点自浮游。
吩咐吴刚砍竿竹，却把长虹作钓钩。
猛然奋起丝纶手，引得鱼儿才上舟。

作者简介：葛日蕃，宁海岔路葛氏利房人，庠生。

仙溪十景

葛子烶

升桥纳凉

垒石成桥架彩虹,热肠到此已消融。
披襟任许邀明月,携杖还宜起晚风。
沙涨松涛三径入,槎潭水色一天空。
不知题柱何年事,恰称吟诗对酒中。

槎潭夜月

皎皎银蟾下碧空,澄潭印月月当中。
曾劳羽客寻凉至,似有仙槎一径通。
影落波心开匣镜,光穿曲岸上弦弓。
张骞自昔浮天汉,为问仙溪事迹同。

高坪怀古

学士高坪一径通,于今不复觅仙翁。
宝圭有洞三山远,丹灶无烟四壁空。
寂寂蓬庐留夜月,青青砌草拂清风。
殷勤欲问从前事,桃李无言解笑中。

硼涧分流

筑硼开渠神力周,竺洪两派任分流。
寻源共道由华顶,入海还须递港头。
不借翻车通水道,何烦抱甕灌连畴。
先人自昔留遗泽,下里从今大有秋。

茅尖望海

茅尖绝顶接沧州,伫望汪洋海气秋。
岛外数行飞白鹭,堤边几对泛轻鸥。
漫天雪浪随风起,拍岸烟波带日浮。
此际登临高瞩者,一帆平稳识归舟。

石井瀑布

曾因觅胜石潭游,拟是龙泉大小湫。
一线涛头穿井出,千层练影向空抽。
波心澎湃春雷吼,泡沫飞腾密雪浮。
不羡台山多瀑布,此间亦自有丹邱。

仙溪泛舟

一带清溪驾小舟,随波拟欲到瀛洲。
为因明月照双鹤,尤爱轻风逐只鸥。

仿佛仙人飞舄去,依稀羽客渡杯浮。
丹砂何处寻真迹,恍泛星槎八月秋。

九顷观莲

清香何处袭人多,九顷塘开千叶荷。
翠盖轻盈擎赤日,丽姿绰约映苍波。
保章未许天孙织,濯锦难成蜀女梭。
近玩遥观皆适意,濂溪对此乐如何。

沙涨春游

春日寻芳仙浦游,云归岩岫雨初收。
苍松摇翠空中落,秀竹浮烟分外幽。
溪锁沙堤流欸欸,鸟啼涨坞韵悠悠。
兴来把笔题诗句,数点钟声断复留。

凤山晚眺

乘兴遨游到凤山,同人眺望夕阳间。
村烟袅袅随岚起,野老熙熙逐鸟还。
石涧清波涵古殿,松林红翠点高湾。
苍茫景色难图画,尤爱云归作等闲。

作者简介:葛子煋,清代宁海岔路隔潭人。

仙溪十景

宋舒光

升桥纳凉

波光涵鸭绿,一带彩虹长。
乘兴观朝旭,随时纳晚凉。
萍风添水色,荷气袭衣香。
扶杖人来否,清谈月二更。

槎潭夜月

河源疑此地,我亦泛仙槎。
贯月天连碧,帆星路正赊。
波心生藻彩,镜面漾菱花。
待伴澄潭上,箫声听几家。

茅尖望海

茅屿一峰高,登临气自豪。
半空生雨脚,万叠起波涛。
有客骑双鲤,何人钓六鳌。
昂头天外立,来往认归艘。

仙溪泛舟

九转丹何在,仙溪迹自留。
烟消空锻灶,水碧喜行舟。
定有双凫落,应来一鹤游。
此中寻逸趣,何俟住罗浮。

石井瀑布

古井界银床,灵源近石梁。
瀑飞千尺白,水酿十分香。
隐隐龙绡卷,垂垂匹练长。
挈瓶应勿慕,煮茗试旗枪。

高坪怀古

为觅仙翁迹,如登勾漏山。
谁知三返术,只在七飞丹。
竹坞猿长啸,松庵鹤不还。
长生芝草在,采采驻童颜。

沙涨春游

散步过郊南,钟声到一庵。
柳边留客醉,花下共僧谈。

夜静松阴合,溪清竹影涵。
闲游忘日暮,林鸟唤春三。

硼涧分流

硼水留余泽,程功尽力疏。
如开郑白沃,已浚竺洪渠。
涧碧低翻鹭,沟通顺跃鱼。
稻粱资灌溉,下里遍菑畬。

九顷观鱼

方塘开九顷,胜地出肥泉。
虾蝑垂须短,鱼儿拨翅鲜。
忘筌秋荻岸,把钓落花天。
伫看风雷起,龙门跳跃先。

凤山晚眺

山势何蜿蜒,登临最上巅。
鱼竿孤屿外,牧笛夕阳边。
林近频归鸟,岚深更绕烟。
人家村落里,明月映前川。

仙溪杂咏

葛梦采

后山奇峰

天耸奇峰一径开,迂回排宕作云台。
青螺高髻千层出,碧玉横簪万仞回。
脉脉灵源来地脉,亭亭紫气接天台。
昔年毓秀传名爵,伫看文光烛斗魁。

仙溪泛舟

十里仙溪一带回,临流鼓枻亦悠哉。
桃花飞翠翻红浪,柳色垂阴印碧苔。
闲鹭有情常浅立,沙鸥无处不归来。
逍遥风月何人问,仙景从来拟钓台。

石井瀑布

灵斧谁将石壁开,源通古井接天台。
数寻白练从天落,几斛明珠泼地来。
寒暑有时垂瀑布,阴晴无路践莓苔。
龙湫圣迹应相似,载酒楼头看几回。

古庵寻胜

月殿连云记落成,闲来憩息有余情。
钟鸣隔院斋僧出,花落禅房宿鸟鸣。
竹韵呼风摇月影,松涛惊梦伴琴声。
探奇载酒经年事,流水高山仔细评。

升桥日景

升桥日旭开,四望近楼台。
紫雾浮天际,红霞落水隈。
渔歌杂雅管,树色映苍苔。
俯仰乾坤别,长歌举酒杯。

南郊逸浦

雅爱南郊景,当前展画图。
探花情更远,把酒兴如扶。
松影千枝媚,云光一径纡。
桃源随处是,仙客岂嫌孤。

九顷观莲

晚霁出林薮,方塘一鉴开。
莲花依水立,香气袭人来。

白社仙如在,红牙曲正催。
时携良友至,共醉碧筒杯。

夜窗书灯

夜色恰朦胧,蕉窗一望中。
书声频快耳,灯影共摇红。
睡鸭香初烬,寒蟾月正空。
青毡搜旧课,花瓣落丛丛。

作者简介:葛梦采,清代宁海岔路隔潭人。

仙溪杂咏

葛春溶

踏莎行 沙涨春游

远树围蓝,层峦叠翠,韶华尽羡仙溪地。寻芳人至影蹁跹,量松选竹多风致。　霭霭花浓,依依柳媚,侬心都被春光醉。斜阳暗淡在林边,听来鸟语忘归意。

仙溪泛舟

青萍风起溪流白,欲访浮槎客。飘飘一叶云山外,地仙似仙凡隔,流水清浅,数尽玉鲈金鲫。看此波光烟景,且莫抛掷。

萍洲蓼岸间红绿,人在溪头立。斜阳影里听歌拍,道来采莲额。此去浮沉,历尽山穷川僻。如入桃源花红处,定挂帆席。

风入松(第一体) 高桥纳凉

虹桥高挂晚烟浮,风绪如抽。披襟挹爽浑忘暑,把轻轻罗扇都收。此夜明月似镜,望人影在中流。　声声欸乃又横舟,泊到波头。不如且在此间住,听涓涓泉脉清幽,试迭南薰妙曲,惊飞两三轻鸥。

西江月(第一体) 槎潭夜月

一面镜波皎洁,菱花点点分明。楼头谁把一箫横,吹彻月光如水。　可惜桃源地近,渔郎何处行行。仙槎一片自空横,玄鹤数声村里。

砩涧分流

水分川剖,溪脉周遥,土云谁望渠成雨,仁波沾野叟,遗泽濡田父。君不见,笁洪泉水流今古。　惜昔日当午,疏凿多辛苦。古地道缺人功补,源长连北陌,波绿如南浦。人去也,临流明德颂如禹。

渔家傲　九顷垂钓

匝岸垂杨荫泽薮,持竿欲访渭川叟。香饵未悬银鲫口,曾举首,频看吞得鱼儿否？　一阵荷风伊笠纠,金鳞泼剌轻携手。不贮笭箵贯以柳,归邀友,筵头佐得屠苏酒。

一斛珠　石井瀑布

岚青嶂碧,银涛万丈飞流白。湫中本是神龙宅,悬布难登,阵阵云生石。　缳来匹练推龙伯,裁非并剪量非尺。鲸鸣鼍吼惊魂魄,高接银河,隐约天边掷。

离亭燕　高坪怀古

药草芬芳满地,羽客到今犹记。蝴蝶纷飞仙履尽,长啸高歌相寄。雾嶂翠岚中,只见鹤眠花睡。　画里鲍姑随侍,炉外丹砂曾饲。多少樵童闲话里,尽道来登仙事。怅望对层峦,寒日沉沉西坠。

小重山　茅尖望海

彳亍持筇蹑翠峦,山川曾隐见,试详看,寅潮遥涌海天寒,回头想、立向彩云端。　雾尽晓霞丹,清风生两腋,独盘桓,疑在蓬莱顶上观。指何处、舟泊白蘋滩。

鹧鸪天　凤山晚眺

晚霁浮岚日欲斜,空山登眺抹云霞。几声牧笛吹何处,红树枝边起暮鸦。　　□难指点绿荫遮,炊烟浓处是人家。何当乞取王维笔,写就仙乡风景赊。

作者简介:葛春溶,清代宁海岔路隔潭人。

仙溪十景

童佐治

槎潭夜月

仙家事迹幻难寻,潭水溶溶自古今。
夜静更阑槎不见,只留明月照波心。

葛岭暮烟

峻岭嵯峨在目前,攀追仰望竟茫然。
暮烟笼处人踪少,难向山中问偓佺。

石井瀑布

万丈银涛石井飞,高悬瀑布望依稀。
世间不少贫寒者,谁借穷人制作衣。

九顷塘莲

一塘碧叶贴田田,到晚风香共羡莲。
任处浊流污不染,亭亭独立独超然。

茅尖望海

奇峰峻峭仰茅尖,缓步登临最上巅。
瀛海茫茫千万里,一齐收拾到眉前。

仙溪泛舟

清溪潺潺水长流,欲溯仙源泛小舟。
骇浪漩涡都不怕,一帆稳坐上瀛洲。

凤山远眺

凤山耸峙晚晴会,林际烟飞夕照开。
樵子牧童山下去,双双归鸟逐人来。

沙涨春游

沙涨高原夹古津,花红草绿满堤春。
松林隐隐僧堂静,不是桃源好避秦。

高坪怀古

高坪何处隐仙踪,学士勋名著鼎钟。
丹灶书堂前日事,于今多被白云封。

砩涧分流

竺洪两砩水汪汪,万顷田畴灌稻粱。
农庶只歌年大有,不知开凿费心肠。

作者简介:童佐治,字象翊、晓浓,号友仁,又号右臣,宁海前童人。光绪庚寅(1890)科试,邑庠生,民国时担任宁海中学教师。

徐霞客古道岔路段

新建仙溪桃源书院记

葛士林

朝廷崇文稽古，正学昌明，自都会以及乡国皆立序塾，延名宿大儒掌教，所以造就人材，至深且备，以故二百余年来经明行修之士，史载里登屈指难尽书，书院之设尚矣。余家始祖道号抱朴子，少嗜学。执经问难，人争异之。尤好神仙导养法，厥后丹成勾漏，称仙翁。居仙溪之原，人文蔚起，代有贤者，迄今流风未衰，俗尚敦庞而罕闻弦诵声，纵有佳子弟，亦无所凭借而振兴，然则建义塾、延宿儒以培后之学者，其事不可稍缓。余束发受书时，即有志焉，未之逮也。及长，承母训，始从事于此。竭力经营，阅数载而告竣。院之四围，约十余楹，前为门，稍进为阁，上供梓童帝君像，内设讲席，中为乐育堂，取古人教育英才三乐之意。复于院右凿洗墨池。外有涧流自仙溪，原泉滚滚不舍昼夜，其南多植桃花，仿佛桃园景象，即以桃源名。并置田一百五十石，每年所入租税，为延师资。凡有志诗书者，听其来学，萃聚一堂，互相切磋，从此云蒸霞蔚，科名鼎盛，庶几抱子之遗风于兹复振，而余亦借以竟先人未成之志也。因不揣孤固陋而为之记。

作者简介：葛士林（1843—1894），又名家宪，字文熙，号楚山，岔路花台门（今花堂村）人。候选县丞。出身于儒学世家的葛士林长得眉清目秀，一表人才，且勤奋好学。清光绪元年（1875），葛士林立志振兴文教，在仙溪畔上建起桃源书院。此文作于光绪五年（1879）腊月。

横槎潭赋(并序)

章士璜

前溪有潭曰横槎,葛氏环潭而居焉。昔传潭水涨时,泛一枯木,枝干扶疏,色光如金,质坚似铁,横浮潭上,越数日忽不见,俗遂呼为横槎潭云。考槎为物,一传于汉之张骞,一见于晋之高梁。天河所流,非人间所有。长房之竹杖化龙,自然之古松化石。噫!或亦仙家遗事,偶试其灵异欤?癸酉孟夏予谬辑《葛氏宗谱》,馆于潭上之楼,凭眺其胜。广袤十余亩,形如半月,左有华萼书院,右有日升桥,竹木夹岸,花果成蹊。欲状其概,自惭疏陋。然又蛙蝉细响,不能自藏其聒聒。适主人以膳进,与二三友朋言谈尽欢,酒酣而散。日夕灯继。闭户而坐,爰赋之曰:

山有仙则名,水有龙则灵;伊名物之何限,拓俯仰乎高深;广一勺于不测,涵江海与环襟;常焉而安澜依依,幻焉而浮浪溟溟;晦庵悟渊明于半亩,道真获奇遇于武陵;羌兹潭之溶漾,宛景色之凭陵;树参差而影落,花夹岸而香沉。

竹琳琅于风前,柳鬖影于堤侧;胜百花之芳洲,岂毫画之可及?水得云而地彩,月穿波而天窄;莺掷影于金梭,鱼抛形于玉尺;莲开六郎之面,菱点郑旦之额;雨洒藻而泼剌共翻,风卷萍而锦纹斯织;鸣鸥鹭之关关,漱泉石之淅淅;亭结岸而翠色斜侵,窗启帘而浮光遥掷。鼓伯牙之琴,仰听游鱼,垂任公之钓,坐瞻飞鹬。院中花萼并美,齐云桥畔日升,恰逢黄石,创斯道于东南,树文帜于主客;恍卜居于紫霞,启沧州之讲席;架彩虹而吸川,俨石梁之遗迹,雪案炯耀于孙康,花坞潜修于张籍,似胡园之六胜,若辋川之半壁,庐山李渤既传鹿洞之踪,京兆宋庠又闻蛇桥之迹;春草入灵运之池,烟霞标隐士之宅;楼挹香于至今,涧抽蒲其若昔;松风水月足标其灵,云影天光堪昭其式;吟舞爱于前溪,嗟仙槎如可即;寻武陵之葛坞,观此潭而匪僻。

胡一赋之未就,又若梦于今夕;聆欸乃之数声,忽叩关而传檄;忙启户以相迎,敬整容以拜揖,讶衣冠之非今,惊容貌之岳立。余瞿然曰:先生何来也?愿闻其言。先生曰:服无数于周南,姓在羲皇以前。余曰:噫!先生其殆稚川欤?先生曰:然,闻子有所赋,所见可赋,所不可见者将舍旃?予备小舟,拟作灵槎,与子偕行。遂携手而登焉。童子焚香,琴书满筵,有二翁鹤氅童颜。先生曰:此余族友长庚与孝先。乃命童子摇桂楫而曳兰桡,张锦帆而乘画舫,趁和风之习习,随所向之茫然。觉大川之如练,延百里之芳莲。余曰,此非逸少之所游所谓平阳之屿耶?先生曰:然。俄进岩门郁律,石镜高悬,香炉浩霭,瀑布飞旋。洪崖倚风而拍笑,定光招手以连,康郎南徙,宫廷北环;微风鼓浪,石钟震天。予曰:"此非彭蠡之山川,曾为苏子瞻之所游欤?"先生曰"然。"

俄进焉,非江非湖,浩浩沿沿,中潜石鱼,鳞甲如鲜,菰沉云黑,粉落红妍;依稀旌旗之在目,仿佛月珠之联绵,余曰:汉习战于昆明,此地喧阗,与先生然。俄进焉,白鹤紫荆吹来铁笛,湘妃锦瑟如理琼弦;云霞一缕,日月推迁,爰展帆以争月色,奏广乐之渊渊。余曰:"此柳毅会龙君于洞庭,浩然所之,气蒸云梦波撼岳阳者,非□先生然。"俄进焉,纵目益无际矣,惊涛拍天,山断水连,近扶桑之难觅,测蒙汜之无边,登祖州之奇窟,访瀛海之神仙;宫与山而皆白,皎银装之嫣嫣。乍浮沉而隐现,遥盼而难塞。余曰:"此非蓬莱欤?"先生曰:"然。水乡无尽,此外不足观也,请与子归,一鼓枻而如落乎牛女之躔。"两翁曰:"子倦乎?"余曰"不然。"先生乃命童子付以丝竿,掷以一丸,钓于中潭。忽觉水声千丈,岸阔波碧,垂一丝之未几,引千钧之重力,乃金色之巨鳌,非寻常之可得。爰去钩而纵之,倏髯而卷鬣,乃见变电光于波底,轰雷声之霹雳,波涌云随,风狂树拍,须臾起五色之祥龙,伏头尾而敛爪翼。先生偕予以共乘,腾空而飞锡,入银汉以绕撩,闻支机之络绎,望洞府之巍然,标清虚之金额,素娥舞袖以姗姗,黄姑凭槛兮屹屹。异经之华宫,乃蕊珠之深室;堆图书以满架,皆人间之名册。时放于大罗,进宝贤之上策。入芳苑之宝殿,玩圭璋之雕饰。峨铁杆之千围,缀异采之一色。迓青鸟之鸣报,列仙姬于琼石;奉王母以登筵,诏麻姑以传敕。出蟠桃以在盘,授群仙以传食;分其半以啖余,真金浆而玉液。颊骨相之超凡,通仙关之合辟。

由是复乘槎以言旋,等轻舟之一叶。潭犹是也,而景色已别。先生揖余以流连,余唏嘘而激切,憎然不知此身之在座也,觉香气满室,烛影未灭。余曰:噫!异哉!先生其教我矣,所见者,潭是也。所未见者而犹为可见,湖海是也。若神龙之深藏,其谁见之矣?是游也,非灿耀辉之晶壶,袭芳菲之郁特,历壶洞之林烟;是钓也,非鲈脍之烹煎;是腾空也,又非广陵之金钱,丈夫生而桑蓬乐,愿期富贵而享百年。钟灵瑞虬彪变化,诞英豪而世万斯千；即一潭以推义，胡不涵湖海于胸前；吐志气兮如虹，步广寒兮登天；集瑶池以开宴，讶沧海与桑田。湖也，海也，其一潭焉；舟耶，龙耶，其一槎焉；槎隐乎潭之泉，潭藏乎槎之坚；蓄神奇于无形，非言语之可诠；承所引之游历，聊备述以终篇。

作者简介：章士璜，儒学教谕。此文作于清康熙三十二年（1693）六月。

永昌桥碑记

杨秉鉴

桐洲之水,我邑中条之巨涝也。发源于天台、新昌大嵩,经白溪、上金,蜿蜒而下,至桐洲歧而二。北支水浅而岸阔,南支岸较狭而水甚深。溪流大涨则并为一,稍落仍为二。地属通郡要冲,盖草屦日千百辈,向济以舟或筏。光绪初年,亨等谋造北流之桥,廿四四洞,既已告竣,名之曰大平桥。士人德之,乃更仍谓曰:北桥成而南桥尚缺,是犹九仞一篑也。盖踵成之。亨乃谋于童可撰等,十五年又造南桥十七洞。洞并石四,有柱石,有水坪,规模与北桥等。名之曰"永昌"。由是前者吁吁,后者喁喁,往过来续,无有窘步者矣!

作者简介:杨秉鉴,字镜湖,宁海柘湖杨人,清代秀才,候补知县。此文作于清光绪二十三年(1897)丁酉八月上浣。

荷花仙子

〇一六 干坑

干坑,曾用名干溪。地处岔路西南 2.6 公里之山谷间,四面环山,地理位置独特。干溪所属村庄依山傍溪,环境优美,民风淳朴,热情好客,是一个获得不少荣誉的县级新农村,主居陈姓。据《王爱陈氏宗谱》知,吴兴王陈胤于隋开皇(581—600)初定居王爱,二十世陈仁绳迁干溪。以此推算,陈姓居干溪当在宋淳熙间(1174—1189)。村旁有小溪,雨过即干,故称干溪。为白溪支流之一,流经岔路九顷荷花塘旁,一到夏天荷花盛开时,赏荷的游客、拍荷花的摄影爱好者们车水马龙、络绎不绝。干溪上游有 10 余米高的小嵩坑瀑布,村后有 700 年历史的古枫香,还有仰仰爬古道,从这里出发可到达白溪水库、山洋、大小短柱、梁皇山等地。

九顷莲花

娄家雍

花中君子信唯莲,九顷新开万古传。
雨润珠流含宿露,风翻茎舞带朝烟。
几枝鱼戏青菰外,数朵蜂巡白露边。
借问清香谁共赏,漫夸玉井藕如船。

作者简介:娄家雍(1745—1780),字协生,号止山,榜名泰,宁海岔路上金人。郡增广生。

荷池濯砚

娄灵川

菡萏花开一色抽,晓天濯砚到池头。
浮烟恐染凌波少,双影须防即墨侯。
日照山前红玉暗,风摇草际黑云流。
何须圣手临书字,几许清香泛碧沤。

作者简介:娄灵川,清代宁海岔路上金人。

九顷塘

童丙照

九顷肥田掘佗塘,鱼儿味美藕儿香。
此中饶有天然趣,羡煞山光接水光。

作者简介:童丙照(1868—1944),字宏重,号企予,别号晓侬,宁海前童人,光绪十八年(1892)入邑庠,二十九年(1903)补增广生,善文。

探菱堤

葛肇志

赤日流金暑气凝,绿阴何处觅藏冰。
踏歌堤上真无事,几度呼童采角菱。

作者简介:葛肇志,字季丹,清代宁海岔路人。

九顷塘

九顷观荷

葛春溶

（一）

藻碧蒲青间野塘,清波一带护莲房。
映来初日重重艳,迎到薰风柄柄香。
欲语难消舟子恨,多娇偏断钓人肠。
聊将天宝思旧事,笑启太真忆六郎。

（二）

一鉴方塘绝点埃,莲花最爱是重台。
香余隔岸歌声起,影动中流舞袖来。
晓露凝残红粉堕,和风吹破笑颜开。
堤边坐玩忘归去,酌得莲筒酒几杯?

（三）

几番听唱采莲歌,尽羡横塘出水荷。
鱼戏东西波影动,龟游上下浪花拖。
裹将雏鸭红裙少,盖得鸳鸯绿叶多。
画桨移来横彩袖,十分丽色对娇娥。

(四)

零落桃浓并李华,争如的烁水芝花。
芳塘五月披襟赏,良夜三更着眼赊。
雕饰无劳谢客句,新鲜别院越姬纱。
藕丝最是牵情物,绾住莲舟定几家。

《嘉定赤城志》选录

陈耆卿

桐九顷塘,在县西四十里,包山吞麓,其浸九顷。岁产菡萏,则旱;生菱芡,则丰。土人候之甚验。有金银鲫鱼,味绝美;然有渔艇,则覆焉,其神异多类此。

作者简介:陈耆卿(1180—1237),字寿老,号筼窗,临海城关人。南宋嘉定七年(1214)进士,授秘书省正字,转校书郎。后历任秘书郎、著作郎兼国史馆编修,除将作少监,终国子司业。《嘉定赤城志》纂定于嘉定十六年(1223),是最早的台州总志,去取精当,简而有体,文笔凝练,被称为名志之一。

干溪八景

佚 名

两嵩吐云

嘘气成云出两嵩,谁家祷雨向龙宫。
原来灵物能变化,立沛甘霖乐岁丰。

小溪钓月

半轮明月逐溪流,疑是渔翁下钓钩。
云作丝纶风作饵,天光水影两悠悠。

灯峰照影

奇峰闪烁挂明灯,送下金乌玉兔升。
可有青藜照夜读,何须乞火问山僧。

石佛点头

生成古佛傍天山,现出金身石不顽。
肯向世人通一问,巍巍高峙白云间。

枧坛归鸟

森森古树宿群鸦,秋荻高飞拥浅沙。

最好晴霞迎夕照,投林野鸟闹喧哗。

荷塘戏鱼

最好荷花九顷塘,鱼儿争戏泛春光。

西湖风景无多让,瑞气早知系一乡。

(科举时,每逢荷花盛开,乡人必有登科者。)

梯岩挂瀑

悬崖壁立水潺潺,瀑布原来在此间。

一泻有如千里势,泉声汹涌石烂斑。

山门锁烟

两山环抱小村前,洞里桃源别有天。

古径通行何处是,晚烟锁住夕阳边。

干溪八景

陈日瑞

龙冈绕翠

峦岫列成势似龙,烟浮翠绕几重重。
松鳞柏鬐如虹下,直抵村庄耸秀峰。

两嵩出云

峻岭峰头大小嵩,油然云罩老龙宫。
者番施得甘霖泽,村落欢心处处同。

峰迎石佛

佛像应从竺国迎,岂知异石自生成。
孤峰欲作莲花座,愿借闲华作点金。

东岭观旭

晓色融融射岭东,凭添曙影伴霞红。
乌轮欲出先临户,万里风光一望中。

晓溪望瀑

夜阁一檐秋雨晓,急溪几派水声多。
居人莫笑真无本,今日却来起浪波。

野塘观莲

避暑来游九顷塘,池荷冉冉结莲房。
江乡最是多红腻,一带熏风喷鼻香。

林鸟归巢

隐隐森林密密遮,危巢影里夕阳斜。
倦飞却是寻常事,樵子休来侮晚鸦。

龙门锁烟

青山围绕浑如城,一阙长留自作楹。
古郭犹居双庙里,千秋保障乐升平。

作者简介:陈日瑞(1840—1890),宁海岔路干溪人。

干溪八景

童德烜

两嵩出云

削壁悬崖大小嵩,一天云气锁长空。
龙门万丈飞鳞甲,下霎甘霖顷刻中。

龙冈绕翠

层峦四面拥重重,势似蜿蜒出九宫。
吞吐明珠光闪闪,犹疑嘘气锁云峰。

峰迎石佛

古佛名山迹甚幽,巍巍片石峙千秋。
曾占宝气金身现,何故来闻顽点头。

灯峰四照

奇峰矗立炯明霞,郎映天灯入照斜。
恍似精分太乙火,青藜吹出半山花。

东岭观旭

忽听咿嘤报晓鸦,腾腾旭日到山家。
容光四射群峰现,五色瞳昽散海霞。

野塘观莲

缓步麦堤采野芳,红莲娇艳动波光。
鱼儿戏浪穿花出,一带熏风水面香。

古松栖鹤

百尺虬枝盖影重,含烟苍翠挺乔松。
长栖元鹤疑仙驾,风雨潇潇欲化龙。

林鹿呼群

谷树垂阴春正荣,频闻麀鹿短长声。
呦呦此去占琼宴,旋想呼群食野萍。

——选自《干溪陈氏宗谱》

作者简介:童德烜,一作"童德礼",生平不详。

干溪镇福庵八景

宋舒光

竹影横溪

修竹当门荫,寻幽古刹西。
垂阴辉群峰,漾绿夹双溪。
拂月竿竿翠,凌云节节齐。
只依清浅水,已绝俗尘迷。

群山环碧

开门曾少住,最好对群山。
雨后青频送,岚深碧画环。
半帘清露鬟,一桁抹烟鬟。
读书争如此,临晨放眼间。

放窗书灯

夜色恰朦胧,蕉窗一望中。
书声频快耳,灯火共摇红。
睡鸭香初烬,寒蟾月正空。
青毡搜旧课,花瓣落丛丛。

野花似菊

散步成佳趣,芳情十里奢。
只疑秋日菊,争似野中花。
匝径粘香履,铺堤亲晓霞。
陶公闲过处,乘兴即为家。

林鸟归巢

日暮闻归鸟,蜩啾过远林。
筑巢红叶路,择木白云岑。
树色前村暗,钟声下界深。
哑哑群噪处,斗室助清吟。

晚枕松涛

欹枕不成寐,飕飕客院惊。
潇潇连竹韵,谡谡和松声。
宏景添诗兴,孙登起啸情。
风来涛四起,元鹤又争鸣。

镜塘观莲

晚霁出林薮,芳塘一鉴开。
莲花依水立,香气逐人来。

白社仙如在,红芽曲正催。
时携良友至,共醉碧筒杯。

龙湫望雨

一片黑云起,龙湫雨欲来。
山犹含赤日,天忽走轰雷。
樵子携蓑避,渔翁罢钓回。
作霖洵洽望,济旱羡良才。

——选自《干溪陈氏宗谱》

上金至松门岭古道

〇一七 谯国

谯,意为古代城门上建的楼,可以瞭望,喻此地为台岳门楼。水母溪是徐霞客两次游宁海的分界,距岔路口 5 公里的上金村,前临浩浩白溪,两面青山,四时松影,景色绝佳。这是当年登天台古道。《徐霞客游记》中云:"……又十里,抵松门岭,山峻路滑,舍骑步行。"因为这之前走的都是一马平川的宁西平原,而自渡过水母溪始,徐霞客走的都是"迂回临陟"的山路了,因为"山峻路滑",徐霞客不得不"舍骑步行"。水母溪即白溪,为宁海县域内主流最长、流域面积最广的溪流。原来溪中架有一座木板桥,因为桥面极狭,人行其上,稍有不慎便会跌下桥去,所以当地百姓把它称作"落魂桥"。在上金村至黄泥塘间之山岭,名松门岭,极险要,当地百姓把它称作"送命岭"。由此可料想徐霞客当年经过此地时的艰难险阻。白溪上游即为天河生态风景区,为国家级水利工程风景区之一。内有岩奇林幽的浙东大峡谷,旁有规模恢宏的九台娘娘坟。水母溪东岸为上金村,为中共宁海县委成立地,建有革命纪念亭。水母溪旁的卵石古道至今保存完好。松门岭古驿道颇为完整,现存一乱石砌筑的路廊,乃古代行旅者避风躲雨、驻足息肩的凉亭。游人至此,恰如《游记》之描述:"……泉声山色,往复创变,翠丛中山鹃映发,令人攀历忘苦。"

锦屏山
（上金后山状如屏，故名之）

童会江

兹山祖六岳，蜿蜒出万壑。矫折忽东行，倜傥见大略。
西南豁然开，从起冲而作。列岫峰如屏，逶迤原可度。
娄氏于焉居，景物异凡落。红日丽苍松，碧纱施丹腹。
沛雨或沉云，佳气每绰约。经霜枫欲醺，疑杏鹊频跃。
瑞雪冷琼英，青罗添朱箔。村前带白溪，滨水森林薄。
西渡拟孟津，东下如剑阁。遂使村与山，气宇增宏廓。
磅礴发英华，士夫多卓荦。小驻跃春秋，众情无的莫。
漫嫌天地小，有此容落拓。

作者简介：童会江（1886—1977），字岳川，又称鄂川、鹤川，宁海前童人。浙江两级师范学校暨浙江法政专门学校法律科毕业。曾任浙江讲武堂教官，省民政厅秘书，徐州总司令部军需正，宁波防守司令部中校军需处主任。

角山夕照

娄景中

骨立如拳耸,大观返照开。
晖留松顶鹤,翠别石狮苔。
晚客苍茫渡,蝉声断续催。
不愁归路杳,月向冷湖来。

作者简介:娄景中(1726—1803),谱名天乙,号朗庵,宁海岔路上金人。

角山夕照

娄契周

金乌返照挂天东,谯国村前古岫空。
刚射鹿头千万紫,却流莺背两三红。
霞笼梵刹斜烟雾,彩丽金桥压雨风。
多少游人寻佳趣,遥看日净冷湖中!

作者简介:娄契周,清代宁海岔路上金人。

角山夕照

娄家雍

谁凿嶙峋紧镇东,日光返照翠微空。
晚萝远带村烟紫,归鸟斜惊木杪红。
欲送樵歌吹月笛,旋流梵磬渡溪风。
不图摩诘天机画,万丈云霞一幅中。

五日登角山

葛鸣文

新晴随步入山巅,正是行人插柳天。
草色旋经细雨湿,莺声剧向暖风喧。
云边望海思游屐,眼里桐洲想画船。
多少钗头飞艾虎,踏青归去夕阳烟!

作者简介:葛鸣文,清代宁海岔路人。

冷湖夜月

娄天培

寻芳闲步碧沙堤,皓魄无心逐浪栖。
一色冰轮高下别,双开明镜水天齐。
潭深岸阔银蛇跃,衣静波平北斗低。
遥听渔人回棹曲,唯余素月照湖西。

作者简介:娄天培(1663—1732),字紫恒,号则山,宁海岔路上金人。性刚勇,数奇,累试不售,别寻高滔,如地仙焉。

冷湖夜月

娄契周

朦胧月色照隋堤,为伴湖光影倒栖。
碧落空明和雾冷,沙痕澄澈并天齐。
水光潋滟生文缄,荻影参差宿鸳鹭。
岸立小桥凝望远,只身如到斗牛西。

仙岩古洞

娄原庆

山僻偏多物外情,来游仙境觅长生。
丹烧岩畔烟笼月,犬吠洞中声作鲸。
时有初平朝叱石,俄来子晋夜吹笙。
此身旧向蓬莱约,玉版何须问姓名。

作者简介:娄原庆(1647—1795),字叔熙,号景云,宁海岔路上金人。读书极用功,苦博典故,数奇不售,唯以奖掖后进为事。

后山吟

齐先觉

空际郁岩峣,兀立沧海东。
势如天马起,矫矫翔云中。
紫霞散气满林表,光彩映日吐晴虹。
吾闻其上有神仙,次第招来十二峰。
觅路欲上形影只,探幽穷尽烟霞癖。
苍崖划开十八盘,盘盘嵌空碎圭璧。
天风一夜吹彩鸾,绛节飘扬动石室。
玉女散花花佗毡,千岩万壑堕金钿。
芙蓉数朵含青烟,劈出万丈飞流泉。
上有丹炉融玉液,下有紫茵茸凝尖。
翠色霏微横碧汉,肤寸触石无灾旱。
有时寒潭跃金龙,忽而卷雪气精悍。
我欲豢之恨无术,凭空恍惚悟潜见。
安得拔剑直探颔下珠,瑶光闪烁若流电。

作者简介:齐先觉,字任斯,清代天台人。

学士坪

童丙照

自古相传学士坪,牧樵也爱读书声。
云横风卷庐犹在,高士谁为梁父吟!

黄茅尖

童丙照

天然屼突起尖峰,占雨课晴操券中。
可有仙翁骑鹤到,还须一一问奇踪。

春日偶与咸勋游凤凰山

童保俊

凤凰兀立绿云垂,万竹扫天映晚曦。
听鸟入林惊鹤话,看花寻径唉松脂。
荷喧疑雨风声急,鹊噪知晴蝶过迟。
今日春光为最好,与君宽坐学敲棋。

作者简介:童保俊(1894—1934),字伯坤,宁海前童人。民国三年甲寅(1914),卒业于浙江第六中校。民国七年戊午(1918),入保定陆军军官学校。民国十三年(1924),中国国民党创办陆军军官学校于黄埔,作者任军校战术教官。

凤凰山

童丙照

高岗鸣凤纪诗歌,此处凤凰价值多。
翔舞空中天欲近,云霞光彩放岩阿。

俯看白溪

谯国八景

柴志顺

望海归云

望海峰头接绛霄，森开万象远迢迢。
仰观白日斜侵目，低视红云紧束腰。
览胜无心追谢屐，钓鳌有意度金桥。
倚岩濡墨题名字，几恐如椽碍斗杓。

洞口渔灯

洞口维舟入晦冥，施罾渔火逐浮萍。
几同生夜排天宿，恰似因风掠地萤。
银炬枝枝沉水底，红莲朵朵出沙汀。
为询可记桃源径，共访避秦一叩扃。

鹳顶宿雾

鹳顶崚嶒曙色开，连天密雾锁岩隈。
敢藏玄豹千里足，似让春山一色裁。
采药师从何处指，巢松鹤去不知回。
此中定有仙人住，并日烧丹烟绕台。

九顷莲花

玉井休夸十丈莲,芳争九顷秀嫣然,
紫红瓣较丹霞丽,苍绿茎同翠岫鲜。
点趣鹭行飞早晚,戏荷鱼阵跃中边。
采菱堤上凝眸望,会有才人唱小船。

冷湖夜月

趣别来游五柳堤,冰轮陡落冷湖栖。
明珠一颗当心印,白璧双开对鉴齐。
风皱波光摇古岸,棹回帆影骇鸳鸯。
拟同牛渚高歌夜,云净天中月净西。

角山夕照

巨灵残劈镇天东,卷尽暮云翠岫空。
影到溪流千涧碧,晖斜木杪万株红。
村烟远袅齐孤雾,牧笛归吹叶晚风。
可倩徐熙横泼墨,重重缀入画图中。

坐坪樵唱

坐坪乐事果如何,赢得樵夫欸乃歌。
总是巴人音自下,非同白雪和难多。

咿唔入耳松风细,杂沓相高好鸟过。
试问谁家凡骨换,相看一局斧烂柯。

仙岩古洞

慵懒无心拨俗情,胜游此日到空明。
岩边草别人间色,洞口花非上苑衡。
妙济终期寻许逊,茹苓只拟谒初平。
询今谁掌仙家籍,为我丹台记一名。

作者简介:柴志顺,字良朋,岔路柴家人,乾隆年间邑庠生。

上金村穿村古道

上金八景

童会江

角山夕照

溪头压小山,横峙作东关。

不关流水与飞鸟,不关闲愁与懊恼。

面揖西山斜日晖,年年接识为东道。

童颜依然邃古如,谦态仿佛春风老。

话到炎凉妄是非,别来黑白容分晓。

山虽小,见怀抱。善取人之长,不眩世之巧。

息机看浮沉,因时露鳞爪。

谢豹烘成红杏妍,霜枫艳似朱霞绕。

翠岑岚气湿玄黄,白鸟羽衣参蘋蓼。

景色更番竞物华,丙绿底事由天宝。

还看世路总悠悠,几个勋名律吕俦。

何如此山有容兮,休休,四时佳胜自然收。

与人欣赏永优游,无为无相自千秋。

冷潭秋月

今见嫦娥秋水中,化身明慧玉玲珑。

清光出浴思仙佛,冷火忘情证色空。

功到存神为世鉴,香闻无臭与天通。
相传西子西江月,若比斯潭总不同。

洞口渔灯

溪潭午夜观渔火,松节燃燎照水穿。
蛰洞骊龙开睡颔,失躔星斗落深渊。
垂杨倒影添疑网,宿鸟俄惊误曙天。
梦幻人生看梦幻,逢场欢喜托诗篇。

九顷塘莲

九顷塘莲旧著名,无人耕种自然生。
渊深盈丈茎偏劲,苞茁需时韵更清。
比德未教输玉洁,现身何必衬春明。
昆池太液知多少,谁似濂溪最有情。

鹳顶宿雾

晚晴风色似笼纱,鹳顶崔巍雾作家。
琪树半遮疑护佛,银河若接倘乘槎。
未教白鹤怜孤德,好共朱霞饰国华。
到处虫沙看下界,承天曾否问桑麻。

望海归云

层峦更上海天围,雨歇云分望岫飞。
郁勃浓疑带雨返,萧疏淡似倦勤归。
因时啸傲横秋老,如意行藏下界稀。
自是神龙知进退,便教万卉动芳菲。

仙岩古洞

危岑石穴绝云程,仙洞不传仙姓名。
世俗无非希老寿,山人原是厌浮生。
千年凝静藤萝系,一样逍遥鸟雀鸣。
苦恼尘寰如作茧,痴心犹想九还成。

坐坪樵唱

红霞明晚色,稻浪送清芬。隐隐风传韵,谆谆味出新。
寻声陟丘垄,疑是发氤氲。词调无机杼,节奏若天真。
绿柳鸣黄鸟,梵音接红尘。心情泯物我,世事遗周秦。
悉听求其语,无方记厥文。连梦起晚吹,平楚隔暮云。
蒵草待赓唱,杳兮不可闻。须臾见樵子,负薪出霭雰,
感时怀先哲,钓渭与耕莘。方此斧斤者,尹人岂异伦。

松门岭古道

后山记

葛炳午

　　盖闻氏族葛姓，肇自黄帝尚矣。至汉代昌州聚族。最著有升台者，一传生龚，字元甫，永初中，条上便宜四事，拜汤阴令。著文、赋、碑、诔、书纪凡三十篇。既而孝先元公，从左慈受《九丹液仙经》得仙。仙学从此始。会极有诗赞之。越数传，有讳瓒者，亦名仙翁，由昌迁蜀囗州溧阳县北，有崇真观在。厥后徙勾容。不知何自。有强公者，乃晋之虎臣，为山简爱将。生二子，长曰田，得仙术，能鞭木成羊，乘之以上绥山。次子洪，即仙翁也。纡余著作，遍游天下名山。见此岭，上蟠踞数十里，高逾千丈，突兀峥嵘，中有卷阿，前有池，绀碧照见鱼儿须发。掬手尝味，滴滴玉浆。左有大树数千株，不知其名，但见质干异常，不受人间培植者。乃喟然叹曰：此长春圃也。去甬东弥勒台、雁宕灵芝峰，宛然可望、可采，若梁宣隐处、桃源洞口，声气相接，岂直天辅之会乎？何水明山秀乃尔！且其麓皆腴田沃野。白溪顺奔东下，西溪逆折南行，双港合流。妙山特峙其中，峙者，流者，潴者，长而绕，圆而汇，蔚然而峭厉者，望之若翔，就之若伏，卜为宅，兆贻厥孙，谋奚不可者。于是构宫伐木，选盖以栖，内藏杖履，外置丹炉，出披榛，入排草，展席大觥，将十有年，起应王导之召。寻炼丹于罗浮山，传言八十一尸解。大约与黄帝铸鼎首山事同。自古山泽之癯冲举者多，事后无征。若净乐国王之说,俚甚,无足存。我仙翁祖父,皆鼎成乘云。子孙有与陶贞白、杨许诸仙往来,亲得其说而记之,何不可信。遂以其名名山,且号其里为仙人里,建祠设像以祀焉。予系世孙,愧未得家学脉络,徒以腐骨淫胎,戴天履地,亦当究极原委,扬榷先人。乃约游侣五六辈,直躔此岭。徘徊眺望,见连冈矗矗,瀚海汪洋,拨黛拔兰,云物无碍,眼界迥乎一空。俄而烟云四碧,辉映万状,终不能无铜驼野棘之感也。木之萎、宫之圮、炉之废、紫茶方竹之乌有,物理固然,无足怪也。所可骇者,涟漪之池,化为坡隙。独幸丹井犹在,则澄有彼待,未可知也。因宿花园之圃,欲有以极其界。次日东行,路未修饬,山峦平衍,田畴宽旷,有野致焉。与游侣约毋匆匆,见山骨棱棱则少住,见云披雾裂则少住,见两山忽豁、千峰髻出则少住,见岩石若剥藓、朱藤蔓络则少住。逆折十八盘,俯视深渊,疏岩堆叠,以万仞之崖而有波涛冲激之物,鞭也,叱也,当必有说。啧啧良久,各袖小石数块,一老人睨予笑曰:惜乎树影交加,无曦日也。近此有奇迹,讯之则曰:梅树坪。有石广丈余,世传仙人博局,覆架玲珑,有道眼者,始见车、马、炮、卒字样。今石斜侧少陷,若得薙草令秃,庶几得窥万一。予顾游侣曰:此道人久居其上,非附会出此语,倘不能洞悉底里,百岁后,吾魂魄犹应依此。复循故道,再宿古刹,是夜月色皎甚,开窗了了不成寐,晓起栉炊,促奔斩削。适值曙光焕发,跪膝卧视之,满局点画,莹然金色,仿佛乎我翁指点然也。余也盖自学属盟社,攻通籍以来,经历几许山川绝胜,但一俯首其间,便欲挟形神以俱往。噫!境界到此,异乎?不异乎?依景咏诗志之:"绕匝参差绿,离离鹿尾垂。藤苔芝石叶,王子烂柯回。"归。避讳呼山,为后易庙为筋竹云尔。

作者简介:葛炳午(1225—?),又作丙午,字南仲,宁海泉水人。西洋葛氏十二六世孙。淳祐七年(1247)进士。此文作于宝祐四年(1256)十月。

后山考

佚 名

　　《旧乘》载，葛洪以句容人，遍游天下，至宁海桐柏山结橡修炼。《邑志》亦云，桐柏在宁西四十里，天台极东界上，葛元炼丹宁和山中，后徙此，皆未有确据者也。余按桐柏之见于图记者二，一在南阳郡平氏县东南，即禹贡所载是也。一在天台西北二十余里，崇山峻岭，别开境界，上固有葛洪丹井丹炉在焉，曰宁桐柏，诬矣。独是仙人隶名木公，陆沉山水，则仙迹奇踪在在皆有。阅其世孙炳午公《后山记》云，我翁稚川构宫于此，诒厥孙谋，叙其遗迹最详悉，况宁邑东南滨海，蓬莱、方丈皆神仙窟宅，焉知深溪幽壑非仙人往来之地，则后山为稚川修炼之所，理亦可信。至今虽池淤井塞，而古迹犹存。梅树坪，后因二十七世孙翰林学士讳柏者读书其上，遂呼为学士坪仙庙。二十六世孙讳炳午者，以避讳改作筋竹庙。今徙在山麓平畴中，花园不改，十八盘亦不改。登其巅，其地恍在天上，非人间也。西洋葛氏之为称仙人里，宜然。夫西洋者，山麓之总名也。二十五世曰华公别兴后山一派，云中鸡犬呼吸可通，得道讵隔两尘乎？后山横亘二十里陡起，高若倚天犀岚，簇簇不减莲华石表之胜。其中峰最突兀曰黄茅尖，兴云则雨，久青则旱，土民占之悉验。其南干分枝，右为踞虎，左为龙尾，各肖其形，中开大麓，可置万家。龙尾下有龟山，圆小若弹丸，堪舆以为门堂内案是也。踞虎侧有荷池，方盈丈，清可鉴。菡萏花发，香闻十里。妙山、塘山镇其外，作旗鼓势，大风雨时如闻其声。出千百步，有九顷塘，周广三四里有许，多生菱芡则岁歉，多生菡萏则岁登，符应不爽。后山亦奇异哉！峰可占晴雨，泽可卜丰凶，岂仙人故家山水亦效其灵耶？且自松门萦聚前山，蜿蜒二十余里，如列外屏，屏前有溪曰前溪，即狐啸溪也。其上流有桐州古渡，其下口有塔峰双影。干溪后漾右转而出，汇于大溪，石井东藏上下二泓，圆如斧凿，虎虎松杉蓊郁，间以村落梵宫，屋角门亭，若隐若现，此其外胜也。稚川公，公或乘葛陂杖，或骑缑山鹤，逍遥其上，睥睨其下，一望即知为后山住处，讵得曰城郭是也矣、人民非也？

筋竹庵古道

〇一八 王爱

　　王爱山为东西走向，该山横卧于宁海县西南隅，西起望海尖，东至桑洲岭头，长达 17 公里。东部形似鲤鱼背，秦汉时为会稽郡和闽中郡的界山。徐霞客在经过王爱山时着墨较多，如"雨后新霁，泉声山色，往复创变，翠丛中山鹃映发，令人攀历忘苦"等。徐霞客在第二次经过该地时提到："十五日，渡水母溪，登松门岭，过玉爱山，共三十里……"原著误作玉爱山，俗称王爱山岗。据岭头陈《陈氏宗谱》载：公元 589 年，南朝陈灭于隋，陈后主之子陈胤遁于赤城，西至金竹岭头，望见前有耸峙峰峦，形若眠牛，风景秀丽，林木阴翳，堪为爱居之所，遂家焉。时人因名其"王爱山"。《天台山方外志·形胜考》中也有描述："若夫丹山夷夷，草木萋蕤，何独王爱，我亦爱之……"王爱山有扁担岗，山脊极狭，形如扁担；王爱山亦有火山口，形如大锅，巨石柱立，为 200 万年前火山喷发后的遗存；王爱山也多梯田，层层叠叠，绵绵延延，每当春夏之际便麦浪滚滚，菜花金黄，颇合《徐霞客游记》中所记载的"山顶随处种麦"。

王爱山

《台山志》载高宗过此玩之,故名王爱。按:高宗幸台只及临海,未至天台,志所载未知何据。

徐　镛

王爱佳名在昔留,高宗曾否玩峰头?
独怜汴洛无穷胜,尽让金人蜡屐游。

四时田园杂兴

佚　名

春

前村水绿后山青,叔伯驱牛学耦耕。
日日农忙迷节序,不知何日是清明。

日暖风和淑气催,岸花含笑向人开。
女儿饷黎还嬉戏,折得花枝插鬓来。

夏

锄不分午汗成浆,水面风来粳稻香。
跣足裸身犹苦热,濯池晞发快生凉。

织绢初成夏织麻,尽输公税入公家。
空余田畔三弓地,学种东陵五色瓜。

秋

西北阴浓雨脚垂,好风吹散晚晴宜。
连枷打谷忙如箭,一日看云十二时。

禾稼黄垂四野低,沙鸥汀鹭晚霞飞。
筑声有暇聊娱日,笑看儿童学打围。

冬

索陶当日昼有茅,破屋寒声正寂寥。
何处朱门豪贵客,红炉暖阁坐吹箫。

嫩芯香茶雪里拱,烹来咀嚼胜甘浓。
田家自有清风味,不羡膏粱卒岁供。

——选自《岭头陈氏宗谱》

岭头陈八景（选三）

佚 名

屏风耸翠

背山挺峙一屏风,翠拥横斜烟雾中。
藩捍村居秀莫比,丹青岩际画何工。
清明不发汉高矢,广大难移仲父宫。
永镇后龙昂族脉,人文炳蔚卫王公。

伏虎观涛

庭前伏虎视眈眈,地道生成镇宅南。
威振松林冲碧汉,形藏山谷映清潭。
溪流有意凭高眺,霞气无心亦半含。
一变爱山开地轴,万年宏基百斯男。

金钟览胜

巉岩兀立号金钟,响彻云霄万籁通。
苔藓阴翳涂足底,云霞昭灼绕天空。
松门顶插眺非远,金竹峰回韵亦同。
于万斯年陈氏族,书香奕叶耀高宗。

松门岭庵

宁海竹枝词

王梦赉

院名永乐境清幽,福地还从何处求。
读罢赤城当日记,令人兀坐思悠悠。

松门积雪

胡唯鸣

松门高耸接天台,雪积层峦绣锦开。
岩际晶莹飞玉彩,林端乱落散银晖。
参差遥拟爱山鹤,皎洁还同岭上梅。
宋玉登临应有赋,旋看金竹一阳回。

作者简介:胡唯鸣,清代宁海人。

宅井香泉

胡唯鸣

何时凿井得香泉,派接桃源出槛前。
冬日和煦皆实际,烹茗甘美不虚传。
濯缨无浚沧浪水,辨味正当三夹川。
不竭渫湫爻象箸,斯民受福万千年。

桑园晚景

娄士山

盛传金岭好桑园,日涉趣生妙莫言。
曲径幽闲连村火,平坡坦易傍庭垣。
晓鸡叠唱惊栖鸟,牧竖群呼动并鸳。
春早晴荫芳草胜,君王也欲乘舆轩。

作者简介:娄士山,清代宁海人。

眠牛望月

陈叔龙

吉地眠牛高士居,西山伏虎耸新畲。
昂藏金岭宁无意,饮啄银河亦自如。
溅水喷来毛色润,月光映出形全舒。
昔年我地曾钟爱,人杰地灵复古初。

作者简介:陈叔龙,清代宁海人。

池塘跃鲤

陈叔龙

此处池塘世所稀,潆洄庭外景依依。
投竿揭伴沽村酒,濯足临流映日辉。
软浪横连岸草动,浮鸥直汲水花飞。
爱山一跃惊猴里,古族于今大发挥。
——选自《岭头陈陈氏宗谱》

大路下穿村古道

永乐院记

罗 适

余成童时,好读书。而乡中无文籍,唯乡先生朱叟绛,世传《论语》《毛诗》,皆无注解。余手写读之,茫然不知义旨之罅隙,唯永叹而已。庆历中,有僧智贤师、禹昭师,皆里释之秀者,同游钱塘,传智者教,以余力事明静大师。唯贤通儒书,能讲五经、《论语》。二师性明敏,志坚而气刚,各以儒、释二家自负,不少下人。余因得与二师游,假其书,叩其论议,日浸淫开发,闻此达彼,由是知圣贤之门墙有可入者。遂寻师访友,以终所业。余知经术之为乐,权舆于二师也。熙宁初,余以赴泗水令,去乡凡二十有五年。元祐六年(1091),始按刑二浙。明年春,抵乡曲,智贤已谢世,唯禹昭师迓余于王爱岭。师虽雪眉松骨,老瘦成翁,其神清气静,俨然若昔时。叙别话旧,伤往而感来,遂相与泫然流涕。师且告余曰:"此去东南三里,即蒋山,其院名永乐,老身之故栖也,愿公临之。"因与之踏雪蹑翠,入长松之径,登堂皇,卷帘四顾,美乎哉!前岩后峰,左岗右陇,流泉若蛇,屈曲而东注。东北有峰最高,曰石柱。师向以多六楞名之也。是时春色在物,夕阳满山,野花开而百鸟啼,微风起而白云乱,幽芳可撷,逸兴俄生。于是与师扶栏握手,相顾而笑,论无生之法,尽涤有虑之尘缘。言皆投机,默而心喻,何必过虎溪然后称陶潜、远大师之忘形也欤?明日归溪南,师录其建院之因,求我作记,且曰:"蒋山者,蜀人蒋琬之后,讳政,字文通。避地居此，人以名山。梁天监中，舍宅为海云寺。隋改曰海月。唐末两为兵寇所焚。钱氏乾符中，乡人王惠与僧道隆兴之。吴越王赐名永安。本朝淳化中，惠贞大师常觉亦增葺焉。治平初，赐今额。禹昭顾栋宇之已隳，劝檀那之植福，有麻氏者，鸠信士，率财力，新大殿，作三门，次建法堂、方丈、僧房、厨库及宾客之馆，凡七十楹，皆砌旧成新，易卑为高。始熙宁五年（1072），终元祐八年（1093），功告毕。"余得师所录久，勿暇书，易路畿右，坐颍昌府久要堂，窃思之：自余登第，三纪矣。乡曲少年无登第者，亦无僧以儒释学自负如二师者，然则山川秀气岂绝于吾党也？必将有豪杰之士，发愤自奋，或儒或释，扬名天下者矣。然则余老矣，不知其能及见否也？因取其所录，暨余与二师相遇之始末，及前日归乡之新事，载之鄙文。使吾党少年他日观吾文，知我起白屋之艰苦，在故旧之难忘，能自激昂，以成厥志。此余作记之微意。其院之畛域，则记于碑阴云尔。

桑洲夏家古树群

〇一九 桑洲

桑洲位处清溪,古时中有沙洲,洲上多桑树,故称桑洲。桑洲曾为台州通宁海、宁波之要口,古代设驿站。志载桑洲驿,西六十里,洪武丁卯(1387)明将汤和添设。徐霞客未经过此驿,而朝西南向去天封寺。境内秀屿山风景优美,是群众游憩地。山之东有古桑洲驿丞厅遗址。北首堂坑山上有烽火台废墟,明洪武翰林院编修卢原质墓在其旁。下沙地白岩寺,系清光绪二十九年(1903)王锡桐为首反洋教遗址之一,寺僧礼释率僧众和起义民众与清军英勇搏斗。桑洲镇特产有清溪鱼干、望海茶等。境内环境秀丽怡人,多冈峦、丘陵。发源于天台的宁海第三大溪——清溪自西向南蜿蜒入海,水质优良且清纯自然;溪中流水潺潺,两岸柔柳拂面,清溪拦水坝的建成使"碧水、青山、蓝天"的景观更加美丽。500多年历史的红豆杉古树群和保存完整的明清古建筑"陈家三台",组合成人们休闲旅游的理想去处。

夜度桑洲驿

方孝孺

山路弯弯石磴平,碧天凉露下三更。
无端一夜西风恶,吹着新愁上紫荆。

桑洲次韵

史 鉴

渡江匹马正骓骓,喝节声雄彻翠微。
冒险若轻游子路,密缝剩有老亲衣。
国忧民瘼心唯切,秋杀春生愿罔违。
吴越故疆巡历遍,梁公先我望云飞。

作者简介:史鉴(1434—1496),字明古,号西村,南直隶苏州府吴县人。书无不读,尤熟于史。隐居不仕,留心经世之务。好著古衣冠,曳履挥麈,望之如仙。居西村,人称西村先生。鉴文究悉物情,练达时势,诗亦落落无俗。正德间,吴中高士首推沈周,史鉴次之,有《西村集》八卷。

经桑洲岭

胡 韶

漫度桑洲望赤城,舆夫频唤过肩声。
山溪层叠连烟树,人影遭回动羽旌。
鸟雀不来偏惨烈,豺狼自去息纵横。
五升合为劳王事,敢向云天薄宦情。

作者简介:胡韶,江西鄱阳人。成化二十年(1484)甲辰科进士,官至刑部右侍郎,致仕后,纂修成稿《鄱阳县志》。

清溪泛舟图

周应显

清夜寥寥兴洗然,扁舟一叶小于莲。
玉箫声断空回首,秋满江乡月满天。

作者简介:周应显,明代天台人。

桑洲山村

宿桑洲驿

赖世隆

皇华四牡日骓骓,古驿清幽坐翠微。
半榻松风醒宿酒,一帘花雨湿征衣。
畏途漫叹王程近,远宦恒忧壮志违。
回首故乡村舍隔,万山高处望云飞。

桑洲次韵

谢　铎

一天风雨送轻骓,执法深惭象太微。
昏眼近来愁看字,瘦躯新觉不胜衣。
时和岁稔民从化,主圣臣忠汝弼违。
楚水郧山何处是?望中肠断白云飞。

桑洲驿书怀

许 赞

昨从昌国望台州,云树依稀万叠连。
今日桑洲频极目,不知昌国在何边?
去来踪迹沙头雁,宾馆萧萧欲暮天。
已开山茶妆尚浅,厌听瓦雀声益喧。
四山烟雨断复续,长途行客心悁悁。
年来未了公家事,厚禄于我真惭然。
安得窗□如指掌,早来幽谷草堂前。

题桑洲岭庵

佚 名

云屏龙磴海天南,僧扫残霞揭半龛。
松叶带烟翻洞冷,石流含雨出桥蓝。
驿楼鼓角樵歌壮,野店莺花酒幔鬖。
憔悴不堪丘壑老,彩旆连愧度青岚。

桑洲道中二首

皇甫涍

仙岑已可到,客路指桑洲。
雨带朝霞色,溪含沧海流。
寻源期独往,登陆羡兹游。
去往堪乘日,春山无旅忧。

叠嶂无时断,春山尽日行。
途疑径路绝,但见云霞生。
迹自忘机暇,心犹履险平。
聊承古人意,一酌涧泉清。

作者简介:皇甫涍(1497—1546),字子安,号少玄,长洲(今苏州)人,明诗文家。嘉靖十一年(1532)进士。授工部主事,改礼部主事。历任仪制员外郎、主客郎中、右春坊司直兼翰林院检讨。谪广平通判,以后又任南京刑部主事、员外郎,迁浙江佥事。涍好学不倦,工于诗,有才名。与兄皇甫冲及弟皇甫汸、皇甫濂,皆有才名,时称"皇甫四杰"。著有《春秋书法纪原》《续高士传》《皇甫少玄集》《皇甫少玄外集》等。

桑洲岭

戴 玖

冒暑陟崇岗,登降倍艰苦。
蓘箨翳行迹,石径莓苔古。
盘回鸟道赊,飒沓羊肠聚。
流汗湿衣裾,如沐晴宵雨。
扪萝喘复苏,风叶相吞吐。
屐齿笑群岫,一一低可数。
绝巘费跻攀,自晨已及午。
仓皇饮松涧,投筇竟忘取。

作者简介:戴玖,爵里不详。

叠石岩

佚 名

高疑仙所筑,不与众岩俱。
锁地形何直,参天势自孤。
霞频光点缀,圣迹讵糊涂。
欲借丹青手,和云画作图。

桑洲八景

佚 名

屿山修竹

虚心直节霭朝阳,次第平安屿山篁,
戛玉流金高巘谷,争看彩凤下沧浪。

长陇苍松

鳞皮斑剥似蟠龙,拔地参天万古松,
堪任栋梁经错节,大夫得羡受秦封。

横塘雪影

满头瑞雪压横塘,片片飞来白玉光。
日暖风和云影散,卧龙振起欲腾苍。

深谷鸟音

崎岖深谷韵离奇,燕燕莺莺弄晓枝,
春到能鸣声唽呖,高斋静听每相宜。

东郊皓月

东郊散步自幽闲,乘兴盘桓尚未还。
远眺浑忘村落晚,一轮明月照山间。

南岭薰风

得意薰风笑相迎,南来解愠度升平,
苍生莫答栽培厚,遍地生机画难成。

五峰叠翠

蕴藉螺峰更有情,两三排列若连城,
云光霞气滋日暮,嫩绿茅茵分外明。

一水环清

带水西流旋复旋,穿垣屈屈滴涓涓,
山家得此沧浪调,孺子天怀出自然。

桑洲八景

佚 名

前村牧笛

百折羊肠不所名,歌声断续入香聆。
阳春一曲横牛背,袅袅乐音阡陇鸣。

隔岸书声

前溪秀挺读书声,午夜鸡灯映碧流。
最好登高舒啸后,夕阳乍放雨初收。

笔峰耸秀

六丁飞斧凿峦峰,耸拔凌霄镇海东,
天设奇观纾望远,万方秀气此方中。

新庵修竹

思劳挺挺护梵宫,雅操坚刚岁月同,
云叶风桐敲敲拍,沙弥操起晓鸣钟。

古庙乔松

土谷蟠龙势挺然,凌云偃蹇欲参天,
大夫受职人皆羡,傲雪苍苍色更鲜。

东山捧日

巍巍峻峭石为城,曙色崆峒飞晓星,
欲扫妖魔纤翳尽,阳春雪日共照明。

西壑腾云

万里晴光一色迷,层峦四顾霭霏霏。
穿苍欲起沟中瘠,石燕翻飞足一犁。

带水环清

一水潆洄似带缠,赋诗酌酒对鸥眠,
闲来步听沧浪咏,云影天光趣自然。

桑园八景

佚 名

东山晓日

咿喔金鸡鸣,曙光生幽室。
我来陟高冈,银潮涌红日。
云霞五色新,鸟向阳谷出。
恍登华顶巅,气象自超逸。

潼潭映月

霞缟抹长天,当空有皎月。
波泛骊龙珠,令人狂歌发。
水与月相涵,终古无休歇。
莫笑李谪仙,踏入蛟龙窟。

西屏夕照

夕阳斜照处,西屏高与齐。
摩诘开图画,烟光凝高低。
幽不供晚眺,耳听众鸟啼。
悠然得深意,不知日已西。

梅村暮雪

六出花片片,飞入前村梅。
缤纷堆琼树,天孙剪裁来。
设有探梅客,逐道骑驴回。
真成天不夜,月色满楼台。

双坞聚云

林泉饶深处,无心有白云。
摇弋聚双坞,映水自纷纷。
浏览侧变化,倏忽幻成文。
白衣与苍狗,今古共氤氲。

狮石牧唱

牧童持笛吹,后唱复何为。
岂是狮石吼,随风度竹篱。
挂角书曾读,咿哑翻新辞。
纷纷名利客,倾闻心愧之。

石栏曲涧

白石自粼粼,碧水流寒涧。
烟波浮花瓣,天然有石栏。

秋来天气清,有时落鸿雁。
徙倚临长川,渔者丞讪讪。

松堤晚翠

何年植老松,盘曲似虬龙。
晚来色更翠,孤特自从容。
郁郁沙堤上,影摇碧鞭蓉。
若当秦王日,应受大夫封。

——选自《桑园陈氏宗谱》

古道秋色

上山陈八景

佚 名

东山捧日
一颗祥辉透九重,骊珠光逗白云封。
倚梧自有朝阳凤,缥缈元音和晓钟。

西壑腾云
叆叇村西五色云,龙章凤采列缤纷。
景星共作尧阶颂,何事傍搜玉笈文。

南园修竹
渭川千亩秀春郊,移植南园见紫苞。
梅萼松荫同入画,淇泉圭璧订清交。

北路盘松
种松人去迹独存,老干轮囷拟虎蹲。
自有陶潜三径古,葱葱郁郁列重门。

前村牧唱

竹笛横吹趁晚风,隔堤隐隐唱樵童。
放牛更见桃林事,寰宇同游化日中。

隔岸书声

前溪秀挺读书声,午夜鸡灯映碧流。
最好登高舒啸后,夕阳乍放雨初收。

笔峰耸秀

珊瑚笔格自天然,不事雕磨列案前。
谁家新贮青镂管,写出烟岚墨迹鲜。

带水环清

一水潆洄漾素波,新环玉带屡鸣珂。
此间自有兰亭客,不是流觞即泛鹅。

——选自《上山陈陈氏宗谱》

桑洲岭古道

移建桑洲驿碑

王士昌

粤稽周官待过宾之礼，关尹凤戒，候人前驱，以至司徒司寇、大师、佃人之属，靡不毕具，可谓详且密矣！晚近画疆，郡县星列，用以宣上命而达下情，然其徭征皆取办于民。顾道途有近远，物力有盈缩，地方有烦简。非在上者极力裁剂，斟酌沿革，卒至仆痛马瘏道弗，不可行也。然草创者未必协中，而因循者又物理更始，政之敝也，其何日之有？我台被海阻山，四塞之地，且瘠国也。东引宁邑抵四明，计程一百余里。置邮凡三，桑洲其一也。西接南明，自天台不再宿不达。夫趾、马足、供帐、扉屦，一切取给县官。东路虽为周行，以折东而西，往往纤道。自大察巡行之外，暂得休息。天台以西，北走长安道也，车书搢绅，期会征发，流水接轸，鹤盖成阴，视宁邑不啻十倍。夫在彼驿亭棋布，徒耗官钱，此则疲邑烦冲，迄无苏息，识者不无遗憾焉！观察吴公下车之明年，肃宪贞度，百废俱举，至二邑供输深为蒿目。欲为台增建一驿，势必具题而适当裁革之。时惧成中格，乃伏而思曰，桑洲迩，改隶天台，独不可为天台分力乎？且道里不甚相悬也，汰繁者增简者在一起转移耳！于是相度气会，择适中之地，得黄渡改置焉！事不甚更，民不甚病，檄报两台，朝入夕允，即以原名命之。为政有所因无所因，有所革而无所革，公之谓乎？是役也，公勅台、新二邑，并力合作，而公提衡之，门若干重，前厅事若干楹，后堂若干间，廊庑若干椽，夫若干,马若干,不数月报成,上下晏如也。天台令张君本廉史,见民疾苦,如烦疴切身。观上之德意,惧其久而或湮也。欲传之贞珉以垂不朽,于是纪其大概。吴公讳献台,莆田人;张公讳代,灵璧人。记其事者,临海王士昌也。

作者简介:王士昌,于万历年间任福建巡抚,主要从事福建之军政事务,品等约为二品。

山村古道

〇一〇 麻山

麻山，在宁海县西南部，距县城21公里。东及北界桑洲，南临三门县，西接天台县。四面环山，群峦起伏，沟谷交错，西部边境叉角平海拔682米，北部小罗尖海拔306米。东北山头槽附近多山冈，为茶叶产区。溪流多属小坑，有向北流入桑洲汇入清溪，有向南流入三门县境。

紫云庵八景

叶景珍

麻岙人烟

高登绝顶炯双眸,一带人烟荡地浮。
报道此间麻氏宅,淡妆暮霭夕阳收。

槽里清泉

旧传卓锡涌清泉,今日盈盈一镜然。
问尔何能澄若此,月明涧底满星天。

干将紫气

矗矗崒崔迥不侔,含辉韫玉峙神州。
鲸鱼跋浪凌沧海,剑气冲霄逼斗牛。

石岩鼓音

未有渔阳奏几回,天然逸韵出山隈。
衔寒梅杏争先发,何事明皇羯鼓催。

西岭斜晖

紫云晚日气萧森,岭上烟霞接地阴。
皓皓一轮天际起,唯留明月照高林。

罗尖奇石

静坐空林落日衔,罗尖耸起势巉岩。
茫茫世界情何限,暮鼓晨钟自了凡。

外洋竹风

禅门深处白云封,紫竹林中访旧踪。
拂拂长途尘自扫,千竿碧玉听琤琮。

附荷松韵

荷叶松韵不并贞,而今盘结奏清音。
虬飞百丈枝苍古,鹤舞千秋影纵横。

作者简介:叶景珍,清代宁海人。

白云庵八景

佚 名

黄蛇晚眺

黄蛇屈曲势难攀,水秀山明迥绝环。
远绕残阳留昧谷,斜来紫气逗禅关。
遥见轻雾飞犹住,目击归禽去复还。
林竹苍茫催景暮,游人兴意却忘殷。

唐峰观潮

扶筇摄履到唐峰,骋望江洲兴意浓。
俯瞩浮云生足下,遥见沧水势朝宗。
涛头一线连天远,彼岸千寻接地冲。
坐对狂澜情不极,此身疑与白云封。

平园听莺

松茂平园丽日晴,携樽酌酒听新莺。
梭抛鹤骨流音远,浪织虹枝入调轻。
鼓吹上方原有意,啼惊俗梦岂无情。
占来幽香娇声吐,聊和钟音彻耳盈。

水口瀑布

一水盈盈架山隈,千寻瀑布自天开。
崖巅浪卷悬银练,涧底波鸣喷雪雷。
挂石似烟轻漠漠,飞潭如雨洒潋潋。
双岩壁立芙蓉峙,应是名山秀气催。

牛岭纳凉

牛岭去天定不多,纳凉览胜景如何。
闲观佛刹千年在,静玩龙泉渺浩波。
众木半拟山后画,群峰尽觉膝前罗。
薰风拂拂催吟客,坐醉栏杆漫放歌。

外山堆翠

环拥苍山俨列墉,忽惊绣幪罩诸峰。
青浮矗矗晴添秀,翠积层层雨后浓。
掩映难分深浅色,罘罳莫辨暗明容。
天然图画真堪挹,览胜寻芳意气慵。

鼓坪玩月

纤云净尽碧天明,为爱青光步鼓坪。
静听松声鸣邃谷,遥闻钟韵落山城。

平岚不作奇峰状,圆魄渐升玉宇横。
环坐蝉辉真世界,赏心何必访蓬瀛。

三井丹浓

天然三井若陶镕,碧水成丹烟紫浓。
逸客惊疑沧海曙,行人遥认紫云封。
光腾远岫翔彩凤,波泻寒潭讶赤龙。
想有雨工屯此地,奔涛汹涌色醇酞。

白云庵春夏秋冬四景

佚 名

黄蛇春景

崖山松枝舞影,山前杜鹃舒红。
禅堂钟声暗响,阳乌光照山中。

牛崖夏凉

大士堂中静坐,师爷廊下招凉。
一阵薰风乍到,闻来喷鼻清香。

鼓坪秋景

岚气云外若扑,秋光月色同明。
缓步坪头转院,问禅忽已初更。

水口冬景

水口飞泉溅瀑,寒冰攒簇奇花。
呵手挚来数朵,梵堂堪作香搽。

麻山八景

丁文瑞

仙源桥

一桥得渡天涯近,幽渺仙源路可通。
昭伯至今留遗迹,往来骚客慕高风。

交象鼻

双崖交接下平畴,似象相连一鼻勾。
山翠时摇风欲动,村东摆舞两相投。

小娄尖

闲步高峰上小娄,一身长带白云游。
不登绝顶安知险,瞻望星辰在目头。

响鼓岩

忽闻山外有奇声,云底听来似玉琤。
缘是高人鸣鼓石,音传幽谷韵风情。

雌雄柏

采采森高多烈风,盘踞胜里有雌雄。
参天黛色三千丈,劲挺春冬干似铜。

马迹岩

间邱大守仙风觅,驰马长途多异迹。
至今尚有马鞍踪,侠客游斯叹莫陟。

麻源洞

古洞无尘景最幽,仙源洁净水还流。
仙人坐爱忘归日,地静云闲不倦游。

乌岩岗

天成一岗绝尘埃,唯有白云常往来。
十里长堤稀草木,登肩作赋酒盈杯。

作者简介:丁文瑞(1666—?),庠生,天台螺溪人。此诗作于乾隆十一年(1746)。

麻山八景

华　祝

珠帘喷雪

玉润云间散碧檐,轰轰大瀑挂珠帘。
千条冰线垂青琐,万斗瑶玑散白盐。
荡漾水晶宫里坐,玲珑云母壁中瞻。
仙都原与天台近,双阙寒岩胜地兼。

铜鼓千云

何年铜鼓落山阿,诸葛南征久息戈。
一片闲云眠古石,几声清韵出灵鼍。

峰头响发雷门远,树外音传木铎和。
六合升平鼙鼓废,铿然空杂采樵歌。

娄峰滴翠

路入云山秀气浓,老翁危坐望娄峰。
蔚蓝作帽三千丈,苍翠为衣几万重。
古洞谽谺吞沉潩,天湖沉浸毓虬龙。
缘知衡岳分支派,岣嵝丹书想禹封。

奇峰飞石

太石飞空落九陔,贵人峰顶巨灵开。
轰轰驰聚蛟龙跃,隐隐奔腾霹雳催。
掷地或传丞相到,移坡定报状元来。
还知此夕曹侯过,特邀题名不朽才。

仙照望海

仙照孤峰华顶来,石亭云上望蓬莱。
琼涛万丈凌元圃,赤日一轮架玉台。
三岛蜃楼迷海屋,千洲龙气护幽隈。
买丹欲向黄眉问,鹤算今添几百枚。

西流毓贵

万派东奔赴十洲,贵人峰下水西流。
麻源有本盈科进,云壑无常薄汉浮。
破浪冲天豪士楫,上滩载入使君舟。
群英欲问长安路,但趁春涛达御沟。

珠溪环带

金字笔锋坐案齐,扬清激浊抱珠溪。
使君碓磨人皆逸,资我饔飧户不饥。
雷雨过滩闻暮鼓,春云遮岸听晨鸡。
尔来更遂文房用,涤砚濡毫试品题。

龙潭钟秀

慕湖山下巡三三,岭岫参横锁翠岚。
水复山重斜鸟道,峰回路转萃龙潭。
梅岩抱树祥云聚,云窦喷涛秀气涵。
清彻碧波何所有,巨鱼纵壑出江南。

秋天的小道

上叶八景

陈崇文

黄盔樵歌

藤花乱舞树云轻,路转峰回接太清。
斧韵入林山岳震,歌声响彻鬼猿惊。
身间险阻虽常历,肩上荣枯须有情。
长啸不知天地老,烂柯何必问樵名。

雪山牧笛

春风吹暖杏花天,嫩绿新丛岭半烟。
何必落梅吹乱曲,此中折柳杂啼鹃。
卧云不识山云白,骑马方知谷草鲜。
声继红尘牛背笛,几番叩角竟忘年。

鸡冠宿雨

暝色峦烟拥翠薇,晚林遇雨正霏霏。
拂将炎气携湘簟,浴罢新凉枕玉微。
夜帐瀑布还绕梦,竹窗云气自侵衣。
岩前翠抹浓如黛,台上幽亭露未晞。

麟角吟风

连云绝顶最高峰,欲躐悬崖叩短筇。
坐石啸猿寻幽壑,翻霞唳鹤傍冷松。
放怀高赋邀明月,寄咏乘风接远钟。
眼底千山麟角上,此间便觉小从容。

平岩钓月

露滴秋空冷湿衣,碧天光漾侵鱼矶。
水晶波撼翻星落,桂殿风轻倒影稀。
浪舞玉蟾吹海沫,香飘金粟泛珠玑。
丝纶直系婵娟约,我欲骑鲸一醉归。

响岩游鱼

石畔秋光照碧波,一天倒泻见明河。
山空绝影沉灵鹭,风静无纹织绮罗。
掉尾自如连白璧,投纶犹恐掷金梭。
游鳞出听非无故,响石休猜鼓瑟多。

永乐鸣钟

夜永灯寒茗气清,翻书弄月斗牛横。
遥闻偈句天花落,试看楼台蜃气成。

静里法云连塔影,悠然钟韵和溪声。
惊残尘梦飞蝴蝶,冷却浮生一片情。

松林宿鹤

百尺虬松挂玉龙,疏林瘦骨夜寒冲。
雪消朱顶方知鹤,翠出苍头始见松。
海岛欲归迷客远,瑶池愁寓断云封。
暂将仙梦林间绕,一白东方上九重。

作者简介:陈崇文,清代天台人。

白溪仙人峰

〇二一 白溪

　　宁海县最长最宽受益最大的溪流叫白溪。白溪古称水母溪，源于天台华顶。源头在天台大同，入宁海后，经里王、白溪、桐州等二十六个村到水车，过白峤港入三门湾，全长约125华里。若在飞机上俯瞰，溪流成为一条正在遨游的"金色鲤鱼"，头入海，尾在山。《天台山方外志·形胜考》中，描述了白溪的形象："云生足底，人行天上，谁挈成衣五两，则有弥陀庵、仰天湖道中之胜。"此有百观山，上弥陀庵至鸡冠峰，仰天湖之胜。

白溪观涨

陈受谦

弓形水道见清溪,流注海东源接西。
卅里奔腾到三峡,筏篙远渡白云低。

作者简介:陈受谦,生平不详,民国宁海城东人。

白溪观涨

鲍　昕

连宵秋雨涨前溪,短筏轻篙溯拱西。
欲上天台穷胜景,看来幽壑万云低。

作者简介:鲍昕,字希初,民国初浙江平阳白沙人,中央党政班毕业。曾任交通部科员、专员,与甘肃省民政厅视察员、川滇铁路文书主任,浙江田粮处荐任督导,时任宁海田粮处副处长。《缑城杂咏》在《宁海民报》发表后,一时唱和者众。

白溪观涨

赵惠青

晚来春意发南溪,积翠霞流绕水西。
莫叹逝波缨可濯,鱼天鸥国玉沙低。

作者简介:赵惠青(1899—1965),又名卫青,字先人,号一乐,又号三门湾人,宁海城南人。台州自治学校毕业,早年在上海、宁波任教,抗日战争时期,宁海沦陷后回乡,经营旅店、刻字店,善书法、篆刻。书宗汉简,变化得体。著有《赵惠青印存》四册。

白溪风光

白溪八景

佚 名

虎头点额

西山首起尾长尖,虎视眈眈已惧瞻。
溪近不闻开口笑,天高直欲放牙箝。
头悬王字同宗科,爪住村居外御严。
插翅定能飞远去,何时翼羽再加添。

龙舌垂涎

台龙蜿蜿复蜒蜒,绝顶曾称万八千。
直到溪边方驻足,疑从天上下垂涎。
西江吸水光常闪,北岭飞云气自连。
多少村居来汲饮,都教益寿更延年。

骑龙闪电

骑牛骑马总寻常,独有骑龙世罕详。
无取追风空逐影,但教闪电陡生光。
鞭鞍瞬息能千里,霹雳威声镇一方。
西域近为机器用,盖将此学广通行。

飞凤齐云

只知飞凤岐山至,不料山还作凤飞。
忽而昂头红日近,有时展翅白云齐。
鹏程刷羽天翻下,兔窟疏毛月反低。
不羡金鸡常独立,每从午夜几声啼。

金锣振响

突起光圆石一枚,溪流作势逼岩隈。
秋风五更翻涛急,春雨清晨逐浪来。
恰似军声天上下,何如钟韵寺中催。
点知衣锦归乡者,壮士助风喝道开。

水鼓传音

岂是石穿因水滴,偏教小漏傍岩空。
上流方听催鼓似,下道旋闻击鼓同。
蛙近信添声喔喔,灵龟每杂韵蓬蓬。
村前泮水天然好,蒙叟何须奏在公。

白溪瀑布

万壑千峦共倒倾,一溪缭绕傍村盈。
萦青原有沾衣意,练白还多瀑布形。

翻下瓴如高屋建,平铺机借远山横。
天河上下遥相映,休拟都因织女成。

红岩烘霞

有岩壁削峭村东,却与诸岩迥不同。
未许莓苔常缀绿,偏如琥珀隐凝红。
赤诚对处标疑建,赪岭分来火若烘。
何时餐霞求异地,丹砂百炼具神功。

里王八景

佚　名

峦峰排笔

遥观几点插天痕,浑似笔锥拥列新。
举子登临时熟玩,书生偏与日相亲。
崔巍削去峦峰秀,苍翠描成不老春。
恨得封侯人去也,致令遗训读书云。

龙潭钓矶

一鉴天开照眼明,心甘象石爱澄清。
姜公去后惭存石,张敬还来读旧情。
龙隐不知鸥梦中,鱼潜那得伴岩冰。
羊裘去后谁能继,剩有苔痕遍地青。

峇里清风

芳源一带飘风雨,拂拂微凉那可描。
几点红尘随燕下,半天彩色兴鸿高。
嶷崎雨过难舒步,嶒嶝风来可自摇。
此景堪为博一玩,东风不与世人交。

双溪环月

两水盈盈本一宗,姮娥滴下水晶宫。
初三失却严君钓,十五犹呈蔺相琼。
皓魄几含沧海里,青光常伴碧波中。
知人深与如斯契,饱眼风光几万重。

湫水龙吟

气吞云雾蘸青天,一派嵯峨带雨烟。
涎喷半天星暂落,身潜几亩水云边。

腾腾黑雾连山去,矫矫青光藉洞眠。
谁谓此山无润泽,苍山尽系护丰年。

丹山凤舞

身肩五灿烂文章,暮宿梧桐朝向阳。
鸣处喜呈天下瑞,飞时衔诏进君王。
名山舞处休征见,岐谷栖时圣德扬。
今日喜从居宅古,高门准拟姓名香。

岐山牧唱

两山排闼近云霄,稚子乘牛兴倍饶。
短笛吹风来户牖,汉书挂角起英豪。
歌兴波上孤吟鸟,唱彻林中几株桃。
一片云横忘却犊,寻上山中高又高。

狮峰落霞

崔巍曾似插青霄,灿烂盈眸莫尽描。
几点红尘将坠下,半天彩凤欲离高。
层峦雨过成罗锦,绝顶峰高别剑刀。
此地正堪仁者玩,终朝相对理琴瑶。

雪后山村

○二一　冠峰

　　冠峰村,地处白溪水库上游,由原来的王家坑、兰田庵、官山等村合并而成,与天台县交界。"冠峰"既是这个村子的名称,也是当地高山特色蔬菜的品牌。全村以村落为单位,三三两两散落在白溪水库上游的大山中。全村山地面积有3万多亩。以王家坑为例,147户村民中有一半外出打工,种植高山蔬菜是村民的主要经济来源。

酒埕岩

王其灏

世上人多笑酒颠,谁知酒亦自先天。
乾坤未辟若无酒,何为峰头有酒坛。

李白当年称酒仙,何时携酒到山巅。
欲将诗兴浓于酒,遗却坛儿多少年。

自古山河几变迁,奇岩常见在峰前。
岂其未许凡人饮,封置山前不卖钱。

露冷风寒几万秋,没人看管没人收。
坛中果有真天酒,曼倩应将夜夜偷。

作者简介:王其灏(1765—1837),宁海桑洲上叶人。

仰天湖

天台山赋

杨 芳

　　山列赭城,洞环赤玉。水傍岩流,屋随穴曲。凡气结以成霞,离光烁而叠褥。红纹横列,旧传茅士之踪;碧韭纷披,疑是昙猷之躅。然而地近坞门,气嫌尘俗。于是辞玉京,走国清,逾金岭,入高明。万工之池塔耸,十里之道松青。又或古碣镌金刚之篆,沙锅爨大士之烹。笔墓埋中书之骨,雄像铸铁佛之精。

　　渡丰干之桥,玉龙之峰崖险;过圆通之洞,青螺之溪空明。藤萝欢交而碍帽,钓艇怒劈而飞琼。莫不增辉瘦岛,点缀山城。尔乃陟华顶之山,过寒风之阙,窄径蜿蜒,峨岩高峻。联岱岳为金兰,渺众山于毫发,浓阴则雪降霜霏,初霁亦烟消雾没。仰扪霄汉,直可手摘星辰;俯瞰岗陵,还堪眼空溟渤。夏非燠而冬寒,漏方残而日发。其初升也,如黄卵之欲流;其既升也,如红轮之乍突。亦有多情居士,破苔径而叩竹篱;惯见无事老僧,掩柴扉而卧茅窟。既而登天柱,渡石桥,昙亭翼峙,铜塔高标。水落则雷鸣风吼,岸断则石怪松妖。三十六洞天翠竹在目,四万八千丈青莲当腰。唯一幅之珠帘独韵,觉千寻之瀑布多嚣。痼烟霞于丹霞,品花草于琼瑶。猗欤桐柏,金庭福宅,三井源源,九峰奕奕,玉洞霞丹,锡泉浪碧,睹蕨薇之凝露,缅想清风;看萝薜之生香,遐思逋客。

　　乃依疏林,坐苔碛,吸瑶浆,灏玉液。访元明之故址,寻琼台之旧迹。既势挺而形穹,复神清而貌瘠。如菱角之有芒,若蜂窠之有隙。其间龙湫兔穴，光怪陆离；真府仙都，虚无萧索。青猿摇落叶而翻飞，白鹤唳清风而划声。岂不幻想顿开，尘缘俱释也哉！游情历历，逸兴悠悠，窈窕寻壑，崎岖经邱。系桃源之邃谷，为台岭之仙州。爰有老衲，引我从仄径而入焉，对洞则断岩削壁，隔堑则木铲云钩。恍惚清虚之府，依稀海市之楼。鬼斧神工，断石材而成床灶；餐霞饮露，煮胡饭而度春秋。时则沿涧而出，息石而休，水涣金桥而彩见，霞明花坞而光浮，迎阳之岚霭交映，合翠之风烟咸收。谁曰俪仙可通阮刘之径，谁曰聚族亦怀葛天之俦。

方山颇佳，泗岩亦好，村多茂林，路饶芳草。寒崖左背，散以相依；明岩右脊，合而回抱。精神磊落而高骞，窍孔玲珑而淡扫。当院则嫩竹封窗，入谷则老樟盖道。亦有鹰嘴之奇，亦有鹊桥之巧；亦有朝阳之爽气未消，亦有摄妇之秽名难老。要皆一脉之耳孙，群仰二宗为鼻考，排众山而作障，分流水以为襟。岫非高而堪仰，渚就浅以供吟。则有所谓开岩者，豁空大之宝界，结奥深之钟声。岫出云而流韵，风敲水以成音。忽山鸣而谷应，见芳发而树阴。岂但赤城之烟火可疗饥腹，华顶之清旷可洗尘心，桐柏之灵台可供高士之枕，桃源之幽壑可修仙女之琴，又奚必四明之问与雁宕之寻！

作者简介：杨芳（1735—？），字澄鉴，号春台，又号晴轩。宁海市门杨人。庠生。

宁海县，位于中国大陆海岸线中段，浙江省东部沿海，象山港和三门湾之间，天台山、四明山山脉交汇之处，是计划单列市宁波市下辖县，国务院批准的第一批沿海对外开放地区之一。

"癸丑之三月晦，自宁海出西门，云散日朗，人意山光，俱有喜态"，400年前，风华正茂的大旅行家徐霞客以意气风发的心态，写了这样一段字里行间溢满轻灵喜悦之情的秀美文句，作为他那部鸿篇巨著、千古奇书《徐霞客游记》的开篇之句，从此开创了中国旅行探险、地理考察、游记文学的新境界。

徐霞客从宁海踏入天台山，这是他一生中真正开始探访中国名山大川万里遐征之壮举的开始。400年前游圣所游经的风景，所记录的风情，如今以"徐霞客古道"的称谓，成为留给宁海人的文化遗产。

近年宁海已修复了境内50公里的徐霞客古道及沿线的古桥、路廊、古驿站，正在征集沿线相关的民歌、民谣、民俗。宁海将把联合其他城市推动"徐霞客游线"申遗作为今后五至十年乃至更长时间举办开游节、深化"中国旅游日"内涵的工作主线。为了给专门研究徐霞客为什么在宁海开篇的专家们提供更多的人文资料,我从1994年开始收集宁海各村镇中的八景。本人也是徐霞客研究会理事,在大量的原始资料里摘选了与古道相关的风景诗文,这些诗文与当地的风土人情密切联系,资料翔实可靠,于是有了编选这本书的打算。这一想法也得到了有关领导的大力支持。宁海县人大委员会主任、宁海县徐霞客理事会名誉会长戴霖军先生专门为此书作序,并在出版的具体细节上给予鼓励指导;宁海县文广局副局长、宁海县摄影家协会名誉会长徐培良先生为本书提供了精美的古道图片,并落实了出版前期大量杂务(我曾和他合作编撰过《宁海古戏台》一书,由中华书局出版,得到映山红奖,有人戏称为强强联合);本书得到了宁波出版社编辑陈静女士的精心编排、徐飞先生的指导和具体审阅,宁海跃龙诗社理事傅中兴先生对全书诗文予以校对,岔路的周衍平(白溪钓翁)、湖头的葛俊俏(枫湖夜月)等人提供了不少原始资料,在此一并表示感谢。

应可军
2013年12月写于宁海静江轩

图书在版编目（CIP）数据

徐霞客古道历代景观诗文选/应可军编．—宁波：宁波出版社，2014.4

ISBN 978-7-5526-1484-8

Ⅰ．①徐… Ⅱ．①应… Ⅲ．①古典诗歌—诗集—中国②古典散文—散文集—中国 Ⅳ．①I211

中国版本图书馆CIP数据核字（2014）第049678号

徐霞客古道历代景观诗文选
应可军 编

出版发行	宁波出版社
地　　址	宁波市甬江大道1号宁波书城8号楼6楼
邮　　编	315040
联系电话	0574-87259609
网　　址	http://www.nbcbs.com
责任编辑	陈　静
装帧设计	金字斋
印　　刷	浙江新华数码印务有限公司
开　　本	710毫米×1000毫米　1/16
印　　张	23.5
字　　数	250千
版　　次	2014年4月第1版
印　　次	2014年4月第1次印刷
标准书号	ISBN 978-7-5526-1484-8
定　　价	88.00元

本书若有印装错误，影响阅读，请与承印厂联系调换，电话：0571-85155604。
（版权所有　翻印必究）